JN259212

月と太陽の巡航

欧州妖異譚20

篠原美季

white heart

講談社X文庫

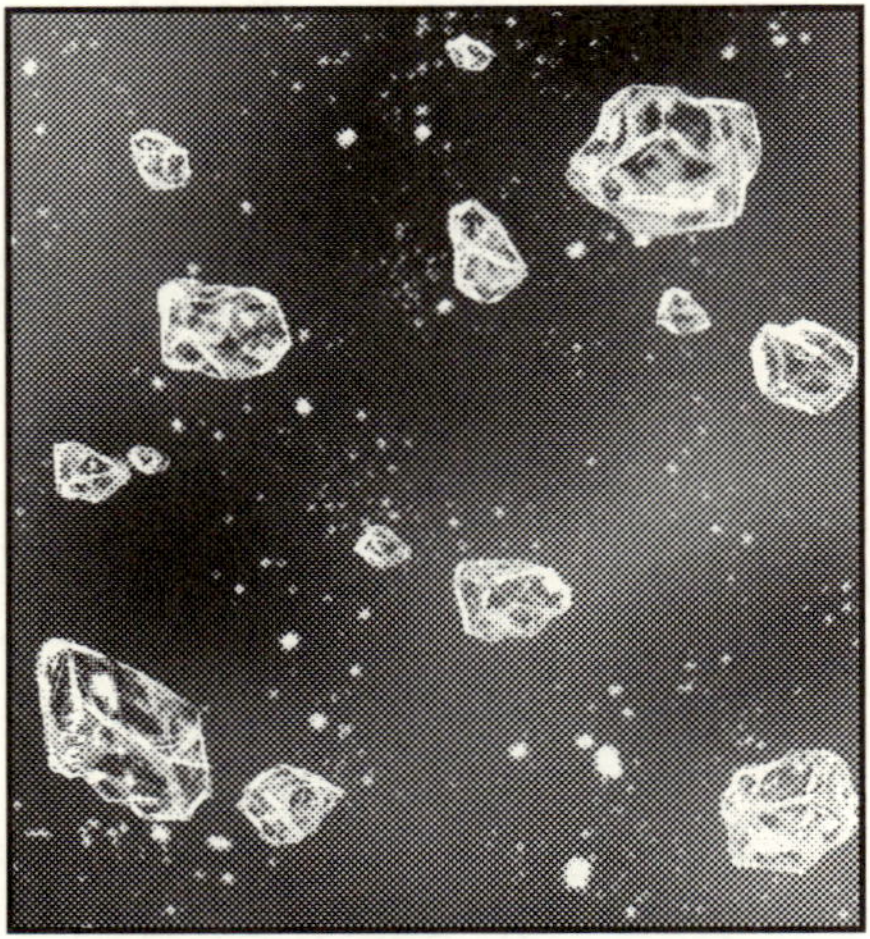

目次

CHARACTERS

ユウリ・フォーダム
イギリス貴族の父、日本人の母の下に生まれる。霊や妖精《ようせい》が見えるなど、不思議な力を持っている。
シモン・ド・ベルジュ
フランス貴族の末裔《まつえい》。実務に優れた美貌《びぼう》の貴公子。ユウリの親友で現在はパリ大学に在学中。

月と太陽の巡航　欧州妖異譚20

コリン・アシュレイ
豪商アシュレイ商会の秘蔵っ子。
傲岸不遜《ごうがんふそん》で博覧強記《はくらんきょうき》。特にオカル
トには強く興味をひかれている。
アンリ・ド・ベルジュ
シモンの異母弟。ユウリの家に寄
宿している。バランス感覚に優れ、
苦境を乗り切る強さを持った青年。

イラストレーション／かわい千草《ちぐさ》

月と太陽の巡航

序章

ざあっと。

白い波頭を立てながら、大型客船が真っ暗な海を進んでいく。

月のない夜。

闇《やみ》に閉ざされる海上とは対照的に、船の上はきらびやかな明かりに包まれ、楽団の鳴らす音楽に合わせて舞踏会が開かれていた。

踊りさざめく着飾った人々は、その後、自分たちが見舞われる悲劇のことなど知る由《よし》もなく、ある人はステップを踏み、別の人々は豪華な食事を堪能《たんのう》し、また人知れず恋に落ちた男女が密《ひそ》かに駆け引きを楽しんでいる。

そんな上流階級の紳士淑女の足の下では、贅沢《ぜいたく》な船旅などとは縁のない乗客が、船底の狭い部屋に押し込められ、窮屈《きゅうくつ》な思いをしながら、ひたすら新天地に足を踏み入れる時を待ち望んでいた。

つらい旅のつれづれを、ポーカーなどの遊戯《ゆうぎ》で紛らわす者。

ひたすら固いベッドで寝込む者。

中には、人々の輪から離れ、こっそり船内を歩きまわっては犯罪に手を染める不届き者もいる。

スリ。

かっぱらい。

恐喝。

今、階下へと降りていく男もそんな悪行に走る人種の一人のようで、人目を避けるように貨物室に入り込むと、手にしたカンテラに火を灯《とも》し、高く積まれた荷物の間をゆっくりと歩き始めた。

どうやら何かを捜しているらしく、時おり、カンテラの灯を荷物に近づけては、そこに書かれている荷札を確認する。

いったい、彼は、なにを捜しているのか。

目的のもの以外には手をつけようとしないところからして、ただの盗賊ではないのだろう。

まくり上げた服の袖口《そでぐち》からは、サソリの入れ墨が覗《のぞ》いている。

実は、男がここに来るのは、今日が初めてではない。

航海の初日から、毎晩のように訪れては探し物をしていた。

そして、四日目の今夜。

男はついに、目当てのものを見つけ出す。

「あった——」

カンテラに照らし出された荷札には、届け先であるニューヨークの住所と名前が書いてある。

揺らめく炎に照らし出された宛名《あてな》は、「アダム・シェパード」。

彼は、カンテラを脇《わき》に置き、なんの躊躇《ためら》いもなく「アダム・シェパード」宛《あ》ての木箱を開けると、次々と中身を確認していく。

取り出しては脇に置き、また取り出しては箱を振って中身に見当をつけて脇に積む。合間に緩衝材《かんしょうざい》代わりに詰め込まれた古い新聞紙などを取り除いていると、底のほうにひっそりと、小さな箱があるのが目に入った。

鍵《かぎ》付きで密閉度の高い宝箱だ。

「——これだな」

男が満足げに呟《つぶや》く。

「ついに、『ラピス・ウィータ』を見つけた」

伝説の石、「ラピス・ウィータ」。

それは、一種のイエローダイヤモンドで、手にする者に不死の力をもたらすと言われている。

男の使命は、持ち込んだふつうのイエローダイヤモンドと「ラピス・ウィータ」をすり替えることであったが、その際、重要なのは、すり替えたあと、誰にもその事実がわからないようにすることだ。そのために、数いる彼の仲間が、本物そっくりの石を用意してくれた。

「ラピス・ウィータ」のような奇跡の石は、彼ら「石の兄弟団」の手に渡ったあとは、表舞台から消える必要がある。なぜなら、天界の秘密というのは、知るべき人間だけが知っていればいいものだからだ。

はやる気持ちを抑えつつ、男は慎重に針金で鍵を解除し、ゆっくりと蓋《ふた》を開けた。

カンテラの揺らめく明かりの中、箱の中を覗いた男が目にしたのは――。

「まさか、そんな――!?」

男の口から驚きの声が漏《も》れた時だ。

ゴン。

地響きにも似た重い音がして船体が揺れ、さらにガガガガガと重いもの同士がこすれ合うようなイヤな音が続く。

それとともに、地揺れのような衝撃が足の裏に伝わる。

「――なんだ?」

積み荷に片手をかけてよろめく身体《からだ》を支えつつ、もう片方の手で小箱を持ったまま、男は様子を窺《うかが》った。

いったい、なにが起きたのか。

今の音は、なんだったのか。

だが、その後は特に目立ったことも起きず、あたりに静けさが戻ってくる。

それでも、不吉な予感が男の上から去ることはなかった。

実際、その瞬間から運命の歯車は着実に回り始め、やがて大きな崩壊となって洋上を航行する船を襲う。

それは、一九一二年四月十四日、夜半の出来事であった。

第一章　堕《お》ちてきた天使

1

紺碧《こんぺき》の空間が広がっている。

透明で、かつ深みのある色合いだ。

その青さの中に金粉をまき散らしたような星のきらめきがあり、時おり、それらが目のくらむような閃光《せんこう》をまき散らす。

まさに、星の時空だ。

（すごい……）

上下左右。

前後にも。

無辺の広がりを見せる空間に溶け込んだ青年の意識に、その時、ふと滑り込んできた声がある。

「落とすなよ」

一瞬、自分に言われたのかと思い、ハッとしてキョロキョロした青年の頭上から、別の声が答えた。

「気をつけますけど、もし、落としたら、どうなるんですか？」

「そりゃ、大変なことになる」

前の声とは違う声が答え、会話は進む。

「大変なこと？」

「聞いた話じゃ、前回落とした時は、回収するのにえらい時間がかかったとかって」

「え、回収するんですか？」

「当たり前だろう」

けんもほろろな口調。

そうして、不思議な会話は滞りなく聞こえてくるが、相変わらず「声はすれども姿は見えず」で、紺碧の空間に人のいる気配はない。

それはあたかも、教室で居眠りしている彼のまわりで、クラスメートがしゃべっているのを夢うつつに聞いているような感覚だ。


「え、でも、回収するって、どうやって？」

「それは、ほら、偉大な方の大いなる知恵で――」


と、その時。

話している彼らの声に重なるように、「ひゃ」と小さな悲鳴が聞こえた。

続いて、その場にちょっとした騒ぎが巻き起こる。


「うわ、バカ」

「だから、言わんこっちゃない」

「大変だぞ」

「太陽が落ちた」

（……太陽が落ちた？）

その言葉に引っかかりを覚えた青年であったが、深く考える間もなく、彼の脇《わき》をものすごい熱量を持ったものが過ぎていったため、意識がそっちに奪われる。

（あ、待って……）

そんな彼の耳に、頭上の声が尾を引くように遠ざかって聞こえた。


「ああ、そんな。月まで――」

「おい。止め……」


そこで、青年は目が覚めた。

だが、すぐには起き上がれず、ベッドの上に横たわったまま何度か瞬きをする。

何か、ものすごく奇妙な夢を見ていたような気もするのだが、起きた瞬間からどんどん記憶が薄れ、かすかにしか思い出せない。

それでも、その重量感だけははっきりと残っていた。

（……なんだろう）

宇宙空間を漂っていたような、そんな茫洋《ぼうよう》とした感覚もある。

それと、誰かが何かを言っていた。

(太陽が――)

どうとか、月がこうとか。

そんな単語が耳にこびりついているのだが、いかんせん、夢というのは曖昧《あいまい》で思い出すのに苦労する。

結局、思い出せないと悟った青年は、諦《あきら》めて身体《からだ》を起こすと、大きく伸びをしてベッドを降りた。

だが、そこで、彼はふたたび考え込む。

原因は不明だが、床に足をつけたとたん、違和感が襲ってきたのだ。喩《たと》えて言うなら、世界のバランスが少しだけ崩れたような、そんな違和感だ。

何かが、噛《か》み合《あ》っていない。

でも、それが何かわからない。

(……え、なんだろう?)

わからないだけに、なんとも気持ちが悪い。

そう思いながら無意識に左腕を振った青年の名前は、ユウリ・フォーダム。ハムステッドで暮らすロンドン大学の学生だ。

絹糸を思わせる黒髪。

煙《けぶ》るような漆黒《しっこく》の瞳《ひとみ》。

東洋風の顔立ちは決して「美貌《びぼう》」というほど整っているわけではなかったが、起き抜けの姿が、これほど清々《すがすが》しく見える人間は他にいないだろう。

まるで、寝ている間じゅう、水に潜って浄化でもしていたような清らかさだ。

イギリス貴族の父と日本人の母を持つ彼は、「人に見えないものを見て、聞こえないものを聞く」──、いわば「霊能力」といわれる力の持ち主で、その実力たるや、現実世界ではありえないレベルに達している。

ただ、だからといって、驕《おご》ることなく、天より付与された力を自分の欲望のままに使うこともない。彼が、その超人的な力を利用するのは、誰か──あるいは何かが助けを求めてきた時くらいで、それもギリギリまで頼ろうとしない。

そんな彼が抱いた違和感──。

だが、どれほど考えても違和感の正体を突き止めることはできず、小さく諦念《ていねん》の溜《た》め息《いき》をついたユウリは、頭を切り替え、身支度をするために部屋を横切ってバスルームへと向かう。その際、白い壁にかけられた額縁入りの絵の前を通ったが、数歩ほど歩き過ぎたところで、ふと足を止めた。

ふたたび、彼の感覚に忍び込んできた何かがあったからだ。

しかも、それは前よりずっと強烈な違和感だ。

天界に伸びる梯子《はしご》だけが描かれたその絵は、実はちょっと特殊なもので、フランス人の美大生が、かつて、あることで、にっちもさっちもいかなくなっていたユウリのためだけに描いてくれたものだった。

以来、ユウリはその絵を大切にしていて、さらに、その絵に合わせ、すぐ横の壁際には、それこそ背もたれが梯子のように長いデザインチェアーが置いてあるのだが、違和感を覚えて振り向いたユウリの目に、その椅子に座るものが飛び込んでくる。しかも、ずっといたというよりは、認識した瞬間に出現したようなイメージだ。

（え、嘘《うそ》）

マジマジと見たあとで、ユウリはさらに思う。

（なに――？）

驚くのも、無理はない。

起きたら、見知らぬものが部屋の中にいたのだ。

悲鳴をあげなかっただけ、すごいことである。

もっとも、ユウリの場合、この手のことには慣れてしまっていて、多少感覚が麻痺《まひ》している節はある。不可思議なものに遭遇するのは、初めてどころか、彼にとってはほぼ日常茶飯事《さはんじ》だからだ。

ただ、いくら感覚が麻痺しているとはいっても、びっくりする時はびっくりするし、不思議なものは不思議に思う。

椅子《いす》の上でピタリとして動かないでいるそれは、なんなのか。——いや、いちおう人の姿をしているから、正確には「誰」なのか。

見たところ、羽は生えていない。

だが、ルネッサンスの絵画に描かれるような顔立ちや衣類は、どう考えても天使を彷彿《ほうふつ》とさせた。

あたかも一幅の絵のように椅子と絵に馴染《なじ》んでいるそれは、ユウリの前で瞬《まばた》きすらせず、背筋をぴんと伸ばして座っている。

沈黙。

沈黙。

さらなる沈黙。

何を考えているのか。

あるいは、何も考えていないのか。

ややあって、ついにユウリが口を開いた。

「……えっと、もしかして、何かお困りですか？」

部屋にいた見知らぬ人間に対する第一声にしては少々おかしい気もしたが、ユウリにしてみれば、それがいちばん知りたいところだし、ある意味、それがすべてである。

すると、宝石のような紫色の瞳で瞬きした相手が、「はい」と頷《うなず》いて続ける。

「手ごろな服がなくて、困っています。――このままだと、とても目立ちそうなので」

「たしかに」

認めたユウリが、提案する。

「僕の服でよければお貸ししますが、着替えますか？」

「ええ。ぜひ、お願いします」

そこで身を翻し、クローゼットから適当な服を探し出しながら、尋ねる。

「もしかして、天使ですか？」

「見習いです」

「……ああ」

いちおう「違う」という返事を期待していたユウリだが、寝ている間に見知らぬ人間が部屋に入り込んでいるほうがもっと怖いと考え、むしろ天使でよかったと思い直す。

「見習いでも、天使は天使ですよね？」

「そうですね。見習いでも、天使は天使です。見習いでも天使と言ってよければの話ですが」

回りくどい言い方に片眉《かたまゆ》をあげたユウリは、選び出した服を差し出して言う。

「どうぞ、よければ、これを。……えっと、天使見習いさん？」

呼び名がわからずにユウリが言うと、心得たように相手が名乗る。

「レピシエルです。感謝します。……えっと」

「僕は、ユウリ・フォーダムです」

「ユウリ・フォーダム。――貴方《あなた》に神の恵みを」

そう言って服を受け取ったレピシエルであったが、立ちあがった時の身長は、ユウリの想像をはるかに超えていた。

気づいたユウリが、慌てる。

「あ、けっこう大きいですね」

「はい」

「もしかして、二メートル近くありますか？」

「そうですね。慣れてきたらもう少し小さくなれると思いますが、今は二メートルほどだと思います」

「そうか。……でも、そうなると、僕の服だと小さいかな。……う～ん、ちょっと待っていてください」

言いながら、一度渡した服を取り戻したユウリは、先に自分の身支度をすませてしまうと、レピシエルを連れて階下へと降りていった。

2

折りたたんだままの服を手にしたユウリが、自称「天使見習い」であるレピシエルを連れて食堂に入っていくと、テーブルにはすでに一人の青年がついていて、コーヒーのカップを片手にタブレット型端末を操作していた。おそらく、日課であるイギリスとフランス両国のデジタルニュースのチェックをしているのだろう。

青年の名前は、アンリ・ド・ベルジュ。

苗字《みょうじ》が違うということは、当然、彼はユウリの家族ではない。

ハムステッドにあるフォーダム邸には、現在、持ち主であるフォーダム家の人間はユウリしか住んでおらず、他の家族はみんな、違う場所に住んでいる。

まず、世界的に有名な科学者である父親のレイモンド・フォーダムは、自身が教鞭《きょうべん》をとるケンブリッジ大学近くに住んでいて、この家には週末や休みの時に戻ってくるだけである。

また、母親は、次男のクリスを日本で育てるために実家のある京都で暮らしていて、さらに、日本の大学に留学中の姉のセイラも、母親とともに日本で暮らしている。

それゆえ、パラディオ様式の広い屋敷《やしき》に住むのは、長男のユウリと、この家の管理を任されているエヴァンズ夫妻だけであったのだが、そんなフォーダム邸に、去年の九月から新しい住人が加わった。

それが、目の前にいるアンリ・ド・ベルジュだ。

ヨーロッパにその名を轟《とどろ》かせるフランスの名門ベルジュ家とは、後継者である長男のシモンとユウリが、イギリス西南部にあるパブリックスクールで親友であったことから濃密な縁ができた。

その関係で、アンリのロンドン大学への留学が決まるとほぼ同時に居候《いそうろう》の話も決定し、今に至っている。しかも、持ち前のバランス感覚のよさであっという間に街や大学や新しい住処《すみか》に溶け込んでしまったアンリは、今では、フォーダム邸の人間にとってなくてはならない存在にまでなっていた。

黒褐色の髪に黒褐色の瞳。

品のよい顔立ちと上質な立ち居振る舞いは、明らかに良家の子息のそれであるが、異母兄のシモンが文句のつけどころのない完璧《かんぺき》な貴公子であるのに対し、アンリは、どこか野性味を帯びた青年だ。

「おはよう、アンリ」

ユウリが挨拶《あいさつ》すると、「やあ」と言いながら顔をあげ、いつものように軽い調子で「おはよう」と挨拶を返そうとしたアンリは、その最初の「お」の顔で一瞬動きを止めた。もちろん、ユウリの背後にいるレピシエルの存在に対しての驚きからだ。

だが、ふつうの人より自制心に富んだ彼は、まずは何も訊《き》かずに挨拶を続けた。

「――はよう、ユウリ。……よく眠れた？」

「そうだね。ぐっすり」

「それは、よかった」

そこまでは、ぎこちなくともなんとか会話が進んだものの、そのあと、両者の間にいつもとは違う沈黙が落ちる。

当然、アンリの意識はレピシエルに向いたままだ。

そこで、手にした服をテーブルの端に置き、立ったまま左腕を無意識に触っていたユウリが「でね、アンリ」と切り出した。

「君に、ちょっと頼みたいことがあるんだけど」

「頼みか……」

そこで意を決したアンリが、タブレット型端末を脇に置き、改めてユウリと向き合う。

「もちろん、ユウリの頼みごとならなんでも聞くけど、その前に、早急に片づけるべき問題があるように思うのは、僕の気のせい？」

「……あ、いや。やっぱ、そうだよね」

アンリの質問はもっともで、チラッと背後に目をやったユウリが答える。

「彼は、レピシエル」

「レピシエル？」

「そう。それで、なんか服がなくて困っているみたいなんだけど、見てのとおり、僕の服だとちょっと小さそうなので、できたら、アンリの服を貸してあげてくれないかと」

　この時点で、レピシエルの身長は、どうにか百九十センチを切ってくれていたので、アンリの服ならいけそうだ。願わくは、あと十センチくらい低くなってくれると、あまり目立たずにすむだろう。

「――服」

　アンリがそこを強調するように繰り返したので、ユウリが慌てて言い足す。

「あ、返せる保証はないから、いらない服のほうがいいかも」

「うん、それは、新しかろうが古かろうが、戻ってこようがこなかろうが、なんでもいいんだけど、僕が言いたいのは、説明はそれだけかってこと」

　なんといっても、なぜ急に見知らぬ人間がいるのかとか、いったいどこから湧《わ》いて出たのかとか、目的はなんなのか等々、知りたいことは山ほどある。

　おそらく、それはユウリだって同じはずなのだが、答えは違う。

「そう。それだけ」

　応じたユウリが、「……え？」と続ける。

「駄目《だめ》ではないけど、もしかして、僕に詳しい話はしたくない？」

「駄目？」

「まさか」

　そこで、ふたたび背後を気にしたユウリが説明する。

「話したくないわけではない。——単純に、できないだけで」

「できない？」

「うん。レピシエルが『天使見習い』であるらしいことはわかっているんだけど、それ以外は、僕にもまだよくわかっていなくて、ただ、起きたら部屋にいて、困っていると言うから……」

　つまり、よくわからないまま、正体不明の相手のために、こうしてアンリに頼みごとをしているというわけだ。

「——なるほど、『天使見習い』ね」

　応じたアンリが、続けて訊く。

「それならそれで、まずは詳しい事情を訊きだそうとは思わないんだ？」

　アンリの正論に対し、「ああ、うん」と曖昧に応じたユウリが、「だってほら」と言い返した。

「大学の授業があるのに、へたに質問なんかして、話が長引いても困るから」

「授業？」

意外そうに繰り返したアンリが、驚いたように訊く。

「ということは、ユウリは、この状況で大学の授業を受ける気でいる？」

「もちろん」

「マジで？」

「マジで」

流行のスラングめいた言い様を真似《まね》しつつ、あっけらかんと答えたユウリを呆《あき》れた様子で眺め、アンリが小さく首を振る。こんな不可解な謎《なぞ》を残したまま、よく授業など受けていられるものだとなかば感心したのだ。

むしろ、アンリのほうが気になって、授業がうわの空になりそうだ。

もっとも、ユウリと付き合っていると、こういう理不尽ともいえそうな訳のわからない出来事は頻繁に起こり、兄であるシモンなどは、遠くにいながら、この手の現象の出来《しゅったい》をいちばん憂慮《ゆうりょ》しているのだが、当人はこのとおり、ケロリとした顔でなんでもひとまず受け入れてしまう。

度量が広いといえば広いが、ユウリのことを大事に思っている人間からしてみれば、心臓に悪いことこの上ない。

シモンの永年の苦労もわかろうというものである。

彼らが会話をしている間、当のレピシエルは、まるで異国の言葉はいっさいわからないといった風情で、ただ黙って立っていた。

諦念の溜め息をついて立ちあがったアンリが、「わかった」と応じる。

「とりあえず、適当に服をみつくろってくるよ。それでいいんだね？」

「うん。ありがとう」

「お安い御用だよ」

「ああ、ただ」

「お安い」はずの御用を、ユウリの次の言葉が「お安く」なくする。

「そのTシャツは外さないでくれる？」

「Tシャツって、これ？」

テーブルの端に置かれた服の山からくだんのTシャツだけを器用に引き出したアンリが、広げたところで「え？」と驚く。

「これが、絶対《マスト》？」

「うん」

「真面目《まじめ》に言っている？」

「そうだね」

おのれのファッションセンスではありえないというように困惑した顔になったアンリ

に、ユウリが、「ある意味」と教えた。

「お守り代わりだから」

「――なるほど」

少し考えたアンリが、「つまり」と続ける。

「『私に触れるな《ノリメタンゲレ》』――ってことか」

「そのとおり」

認めたユウリが、「ほら」とレピシエルを見て言う。

「彼のように純真無垢《むく》な魂の持ち主にとって、この世界は誘惑の手が多すぎるからさ」

「たしかにね」

そこは、アンリも認めざるをえない。

アンリがラテン語に置き換えたTシャツは、白地に黒い文字で「Don't touch me」と書かれたもので、先日、舞台関係の仕事でロサンゼルスに行き、トンボ返りしてきた友人のアーサー・オニールが、時間のない中、空港でまとめ買いをしてきてくれたTシャツの中の一枚であった。

「I LOVE L.A.」といった定番のものに加え、「Knock Knock」とか「Call me」などといった短い英語の書かれた、いわゆる「お土産用」に量産されたTシャツで、いかにもアメリカっぽいが、洒落《しゃれ》っ気《け》の欠片《かけら》も感じさせないものばかりだ。

いちおうフランス人として育ったアンリは、特に気にかけずとも根っからお洒落が身に染みついているらしく、その感覚からすると、このTシャツを絶対条件にするのはまずありえないことで、組み合わせを考えるのは至難の業だった。

幸か不幸か、フリーサイズであるため、ユウリには大きく、おそらくレピシエルにはちょうどいい。

「お守り代わり」と聞いて反対するのを諦めたアンリが、「しかたないな」と応じる。

「なんとか考える」

レピシエルを伴って食堂を出ていきかけたアンリの背に向かい、「ああ、それとね、アンリ」と呼びかける。

「なに？」

振り向いたアンリが手にしているスマートフォンを視線で示し、ユウリはしっかりと釘《くぎ》を刺す。

「悪いけど、このことは、まだシモンに知らせないでくれる？」

まさに、その瞬間、シモンに報告のメールをしようと思っていたアンリが、手にしたスマートフォンをブラブラと振って訊き返す。

「え、なんで？」

「なんでも」

「だけど、兄にしてみれば、この手のことは早めに知っておきたいと思うけど」

「わかっている」

認めたユウリが、煙るような漆黒の瞳を翳《かげ》らせて続けた。

「でも、だからといって、こんな中途半端な説明しかできないことで、シモンの貴重な時間を無駄にさせたくないから」

その主張に対し、スマートフォンを振りながら少し考え込んだアンリが、ややあって了承する。

「なるほど、そういうことか」

「そうだよ」

「わかった」

「よかった」

それで話のすんだつもりでいたユウリに対し、今度はアンリが「ときに、ユウリ」と切り出した。

「さっきから頻繁《ひんぱん》に左腕を触っているけど、痛めたか何かした？」

「ああ、これ」

揉《も》んでいた手を放して、ユウリが言う。

「わからないけど、起きてからずっと左腕が重くて」

「寝違えたとか?」

「たぶん、そうだと思う」

そこで、「お大事に」と告げたアンリが、今度こそ、レピシエルを伴って食堂を出ていった。

3

「おはよう、お父さん」

朝のジョギングから戻ってきたオリヴィア・ストーンは、肩にかけたタオルで顔を拭《ふ》きつつ居間にいた父親に挨拶した。

背がスラリと高い、潑剌《はつらつ》とした女性である。頭の後ろでポニーテールにした髪が、動くたびにゆらゆら揺れる。

「やあ、オリヴィア」

父親から挨拶が返った頃には階段をのぼり始めていたオリヴィアに、キッチンにいる母親が声をかけてくれる。

「オリヴィア。朝食、食べて出るんでしょう?」

「もちろんよ。食べずに出たら、大学に行く途中で餓死しちゃう」

明るく応じ、部屋へと向かう。

ロンドン郊外にある高級住宅地。

庭とプール付きの戸建てが並ぶ中に、宝石商であるストーンの屋敷はある。

現在の店主は三代目で、大手宝飾店の仕入れ担当だった先祖が準宝石《ジェムストーン》に興味を持ち、各地で個人的に買いつけるようになったあと、ついにはパワーストーンを中心に宝飾品も売るようになったのが始まりだ。

そのストーン家には二人の子供がいるが、去年、金融会社に就職した兄は家を出ているため、現在一緒に住んでいるのは娘のオリヴィアだけである。

父親とは異なる業種に進んだ兄とは違い、オリヴィアは早くからパワーストーン・アクセサリーに興味を持ち、大学生になった今では、知識もかなり豊富になっている。

さらに、この夏は、現地へ買いつけに行く父親に同行し、仕入れの現場を見学することになっていた。

部屋に入ったオリヴィアは、そこでも元気に挨拶する。

「おはよう、私の可愛《かわい》いハーキマーたち」

だが、部屋には彼女以外に人のいる気配はなく、代わりに、テーブルの上には透明な石がコロコロと並んでいる。

しかも、オリヴィアの声に応《こた》えるように、陽光を浴びた石がキラリと光った。

それらは、「ハーキマーダイヤモンド」と呼ばれるパワーストーンで、「ダイヤモンド」と名前にあっても、その正体はあくまでも水晶だ。ただ、その透明度の高さや結晶構造の類似から「ダイヤモンド」の名を戴《いただ》くことになり、実際、原石の状態ではダイヤモンドよりも美しいといわれている。

夢見の水晶《ドリーム・クリスタル》――。

そんな美しい異名を持つハーキマーダイヤモンドは、パワーストーンとして見た場合、その名のとおり、鮮明な予知夢を見させると同時に、夢の実現に力を貸してくれる石として知られている。

他にも、水晶の一種として浄化能力に優れ、子供の可能性を伸ばし、なぜか出産のお守りにもいいとされていた。

オリヴィアは、父親が仕入れの際、原石を安く手に入れてきてくれることから、この石をメインに使ったワイヤーアクセサリーをデザインし、遊びのつもりで、ネットで販売し始めたのだが、それが思わぬ人気を博し、今では予約待ちになっているのだ。

今回も、昨日出張から戻ってきた父親が、予定どおり、ハーキマーダイヤモンドをたくさん仕入れてきてくれたため、それを水洗いし、さらに月光のあたるテーブルの上に並べて一晩寝かしておいた。

水浴と月光浴は、いわゆる「パワーストーン」をパワーストーンたらしめるエネルギー・チャージにもっとも適した方法で、彼女は、手に入れた石は、必ず水浴か月光浴をさせてから、アクセサリーに仕立てていた。

その甲斐《かい》あってか、彼女のアクセサリーが売れるのは、デザイン性の高さに加え、夢の実現に力を貸してくれたという感謝のコメントが多いことにある。

シャワーで汗を流し、出かける服に着替えて出てきたオリヴィアは、石の並んだテーブルに近づいて、ふたたび声をかける。

「さて、みんな、十分に休めた？」

もちろん、彼女が話しかけているのは、目の前のハーキマーダイヤモンドである。彼女にとって天然石は生き物であり、心を込めて面倒を見れば、それだけ相手も彼女の気持ちに応えてくれると信じていた。

「とりあえず、艶《つや》は増したわね」

言いながら、石を一つ一つ取り上げ、満足そうに宝石箱にしまっていた彼女は、最後の一つを取り上げたところで、「ん？」と首を傾《かし》げた。

「変ね」

一人ぼっちの部屋で、彼女は呟《つぶや》く。

「……一個、多くない？」

昨日数えた時は、たしかに十四個しかなかったはずだが、今数えたら、十五個に増えている。

昨夜、数え間違えたのか。

たしかに、昨日は遅くまで勉強していて疲れていたこともあり、半分寝惚《ねぼ》けた状態で石の世話をしていたから、間違えたのではないかと問われれば、そうかもしれないとしか答えられない。

事実、もう一度宝石箱の中を確認した結果、石はやはり十五個あった。

「やっぱり、数え間違いね。ごめんね、いい加減なことをして」

最後の石に頬《ほお》ずりしながら自分で自分を納得させたオリヴィアは、しまおうとして、ふとその手を止める。

太陽光があたったせいだと思うが、一瞬、内側が黄色く輝き、目のくらむような明るさに包まれた気がしたのだ。

「え。なに、今の⁉」

慌てて石を目の高さに持ち上げたオリヴィアが、日に翳《かざ》すようにして観察する。

そうしてよくよく見ると、問題の石は、他のハーキマーダイヤモンドより少し透明度が落ち、その分、内側に銀河のような白と黄色の混ざり合った渦のようなものがあるのがわかる。

「やだ。これじゃあ、売れないわね」

そのうっすらとした光の渦は、ジッと見ていると実に心惹《ひ》かれるものであったが、透明度が売りのハーキマーダイヤモンドとしては、致命的な曇りである。

「でも、きれい……」

見れば見るほど、その石の輝きに惹かれた彼女は、自分用のアクセサリーに仕立てることにして、それをテーブルの上に置く。

同時に、階下から母親の声が聞こえた。

「オリヴィア。朝ご飯、食べる時間なくなるわよ！」

「あら、大変」

そこで、慌てて大学に行く支度を整えた彼女は、石をテーブルの上に残したまま部屋を出ていった。

4

大学での授業を終えたユウリは、その日に限り、寄り道をすることなく家路《いえじ》を急いでいた。

いつもなら、友人とお茶をしたり、図書館で参考書を探したりと、なんだかんだ用をすませているうちに、たいていは帰りが夕方になってしまうのだが、今日ばかりはそんな悠長なことを言っていられない。

なにせ、帰れば、そこにありえない客が待っている。

ひとまず、家の管理を任されているエヴァンズ夫妻には、レピシエルを友人として紹介し、好きにさせておくようにお願いしてあった。イギリスの上流階級のならいで、突然の来客にも慣れている彼らは、別段困った様子もなく了承してくれる。

対するレピシエル本人はといえば、ユウリが大学に行っている間、家で好きに寛《くつろ》いでいてくれていいからと伝えたところ、了承のつもりなのかなんなのか、ニッコリと微笑《ほほえ》んで送り出してくれた。

その笑顔が、ある意味コワイ。

そもそも、レピシエルは、なんの目的があって現れたのか。

これから、何が起きようとしているのか。

授業中は授業に集中していられたユウリであったが、家が近づくにつれ、そのことがとても気になってくる。他の人に言わせれば、それも「遅い」ということなのだろうが、そののんびりさがユウリのいいところでもあった。

急ぎ足で歩いていたユウリの脇を、シャッと音をたてて自転車が通り過ぎる。――かと思ったら、その自転車が数メートル先で急停車し、地面に片足をついた乗り手が振り向いて言う。

「やあ、ユウリ」

それは居候中のアンリで、地下鉄で大学に通っているユウリに対し、運動神経のいい彼は、ほぼ毎日自転車通学をしている。

近づきながら、ユウリが挨拶を返す。

「やあ、アンリ。今、帰り?」

「そうだよ」

追いついてきたユウリと並んで自転車を引きながら歩き出したアンリが、「ユウリこそ」と続けた。

「いつもより、早くないか?」

「それはそうだよ。あんなのが家にいたら、ゆっくりもしていられない」

「へえ」

意外そうに応じたアンリが、からかうように訊く。

「いちおう、気にしてはいたんだ?」

「当たり前だよ」

いくらユウリだって、この手の出来事がまったく気にならないわけではない。ふつうの人よりは多少免疫があるのはたしかだが、異常事態は異常事態だ。

答えたあとで、ひっそりと溜め息をついたユウリを見て、アンリが言う。

「ちなみに、アレの出現について、本当に心当たりはないんだ?」

「そうだね。お昼とかに考えてみたんだけど、ないと思う」

「まったく?」

念を押され、少し考えたユウリが「ああ」と思い出して告げる。

「言われてみれば、朝、ちょっと変な夢を見たようにも思う」

「夢?」

「うん。誰かが何かを話していたんだけど、もうほとんど覚えていない。ただ、かなり不思議な夢だった印象はある」

「へえ」

そこで、自転車を押しながら前を向いたアンリが、「夢ねえ」と呟いた。

そんなアンリを見あげ、ふと思いついたユウリが訊く。

「夢といえば、アンリ。君は、最近、例の夢を見てないの？」

例の夢とは、予知夢のことだ。

アンリは、ベルジュ家の中で唯一金髪碧眼《へきがん》ではない外見からもわかるとおり、シモンや双子の妹たちとは母親が違う。すでに亡くなっている母親は、ロマの占い師で、アンリの誕生にも深い謎があるのだが、そのせいかどうか、アンリは、幼い頃から予知夢を見ることが多く、その精度は非常に高かった。

アンリが、「そうだねえ」と答える。

「最近は、見ないかな。――ほら、天才も二十歳過ぎればただの人と言うし、この手の能力も、二十歳近くなると薄れるんだと思う」

アンリの穿《うが》った説明に対し、「二十歳過ぎると……」と呟いたユウリが考え込む。

その理論でいけば、ユウリの霊能力もそろそろ終わりに近いということで、そんな日が来るとは思っていなかった彼にしてみれば、とても新鮮に響いたのだ。

すると、ユウリの表情で察したらしいアンリが、「ああ」と片手の人さし指をあげて意見した。

「言っておくけど、それは、あくまでもふつうの人のことであって、ユウリは違うと思うよ」

「そう？」

顔をあげて見つめてくるユウリを見返し、アンリが答える。

「うん。ユウリの場合、たとえ本人が放棄《リタイア》したくても、まわりが絶対に黙っていなそうだから、力もそのままって気がする」

「え……」

それはそれで、なかなか大変そうであるが、アンリの言わんとすることはわかる気がして、ユウリは悩む。

喜んでいいのか。

嘆くべきなのか。

アンリも同じように思ったらしく、諦念を込めて労《いたわ》った。

「まあ、ほどほどにがんばって」

そんな会話をするうちにフォーダム邸に着いた二人であったが、彼らの心配や懸念をよそに、自称「天使見習い」のレピシエルは姿を消していて、結局、拍子抜けするほどあっさりと、いつもと変わらない日々が戻ってきた。

5

ニューヨーク市、セントラルパーク。

大都会の中心とは思えない広々とした公園内は、高い木々と緑に囲まれ、ボートの浮かぶ池や噴水などの水場が随所に見られる。

それらの池の一つを見渡せるベンチに座って新聞を読んでいた男は、隣のベンチに腰かけた男に声をかけられた。ただし、声をかけた男の顔は池のほうを向いたままで、はたから見ても会話をしているようには思えない。

「――読んだな?」

新聞を手にしたまま、男が答える。

「読んだ」

「あれは、間違いなく『ラピス・ウィータ』だ」

「ああ」

答えながら新聞のページをめくる男の手には、サソリの意匠を施《ほどこ》した指輪がはまっている。

「だが、なぜ、ロンドンなんだ?」

新聞の陰から尋ねた男が、「以前」と続ける。

「引き上げ品の売り立ては、こっちの競売会社《オークションハウス》を通じて行われただろう」

「そうなんだが、今回の出物は、海洋学者と提携しているイギリスのサルベージ会社が、例の海域からサンプルとして引きあげた海底物の中に紛れ込んでいたらしく、急遽《きゅうきょ》、ロンドンのサザビーズに出品されることになったようだ」

「サザビーズか……」

新聞を読む男が、苦々しく続ける。

「およそ百年前、アレが出品されたのも、サザビーズだったな」

「そうだが、もはや当時のことを覚えている人間はいないだろうし、特に問題はないだろう。――ただ、なにぶんにも急を要するため、綿密な計画を立てている時間はない」

新聞を読んでいる男が、そこで、チラッと隣を見やる。

「つまり、強硬手段に出るのか？」

「そうだ。あれを手に入れるためなら、多少の犠牲はやむをえまい。――それに、万が一死者が出たとしても、『ラピス・ウィータ』さえあれば、どうとでもなる。そういう意味では、今回は、石の威力を試す絶好の機会《チャンス》でもあるわけだ」

「……なるほど」

あまり荒っぽいことが好きではないらしい男は、賛同するような返事はせず、曖昧に頷いて新聞を畳む。

「なんであれ、これで、無念にも『ラピス・ウィータ』とともに海に沈んだ我が先祖の遺志を継げるというものだ」

「ああ、そうか。そうだったな」

足を組み、遠くから走ってくる若いカップルのほうに視線をやりながら、あとから来た男が思い出したように応じる。

「君は、あの船に乗り込んだ我らが同志の子孫か」

「ああ」

遠くに眺められる摩天楼をまぶしそうに見つめながら肯定した男は、ゆっくりと立ちあがりながら続けた。

「百年越しの念願だ」

それから、帽子をかぶって散歩の続きを楽しむようにのんびりと歩き出した男の背に向かい、座ったままの男が言った。

「――では、次はロンドンで」

それに対し、振り返ることなく離れていく男のそばを、ジョギングを楽しむ若いカップルが走り抜けていった。

第二章　輝ける石

1

ロンドン某所にある貸し倉庫。

新しいものと古いものが交ざり合うこの街は、誰もが知っているとおり、その歴史はとても古く、ひょんなところから、思いがけず、価値のあるものが出てきたりすることもままあった。

随所でひっきりなしに蚤《のみ》の市《いち》が開かれ、懲《こ》りもせずに客が足を運ぶのもそのためだ。

もちろん、純粋に古いものが好きで、発掘したなんでもない日用品を大切にしようという人たちも多い。——いや、むしろ、そういう人たちのほうが多勢であるのかもしれないが、そんな人たちの心の中にも、やはりお宝発掘を夢見る気持ちがないわけではないだろう。

それに、明らかにお宝発掘だけが目的の輩《やから》も、大勢いた。

どこかに、金目になるような宝物は埋まっていないか。

人生に一度くらい、歴史的遺物や博物館級の美術品を掘り当てたりはできないものか。

宝くじと同じで、それらは、たいていはゴミと化すようなものばかりなのだが、それでも、やはり歴史の古さは侮《あなど》れず、時おり本物の宝物が湧《わ》いて出たりするのが、ロンドンという街である。

そんな中、初めからそこにお宝があると知ってやってくる者もいた。

実に稀有《けう》なことであって、それには、たしかな知識と綿密な調査能力、さらには着実に目的を達成する資金力に加え、超人的な嗅覚《きゅうかく》が必要となる。

それらすべてを備えているのが、コリン・アシュレイという男であった。

底光りする青灰色の瞳《ひとみ》。

首の後ろで緩《ゆ》く結わえた青黒髪。

西洋と東洋が絶妙なバランスで織り交ざる容姿をした彼は、まだ二十代とはとても思えないほど博覧強記《はくらんきょうき》で、かつ恐ろしく頭がきれる。傲岸不遜《ごうがんふそん》で傍若無人《ぼうじゃくぶじん》、高飛車《たかびしゃ》な態度で人を見下すわりに、神のごとく慕《した》う信奉者があとを絶たないのも、そんな彼の悪魔的な魅力に取り憑《とっ》かれてのことだろう。

悪魔のごとくというよりは、まさに「悪魔の申し子」である。

現在は大学にも行かず、勝手気ままに暮らしている。

もちろん、英国屈指の豪商「アシュレイ商会」の後ろ盾があれば働かざるとも食べていけるだろうが、彼の場合、「アシュレイ商会」の名は利用しても、そこに腰かけて安穏としていることはない。

依存とは対極にいる男である。

自分の生活は自分で支える。

ちなみに、最近の資金源は、学生時代に暇に飽かして独自に構築したいくつかのシステムの著作権使用料であり、今や世界中から転がり込んでくるそれらの利益だけで、何もせずとも資産は膨《ふく》らむ一方だった。

つまり、彼の場合、その明晰《めいせき》な頭脳を生かせば、あくせく働かなくても左団扇《ひだりうちわ》で暮らせるのだ。

そんな彼は、午前中に行われた売り立てで、この倉庫の中身を丸ごと競り落としていた。

それはよくある競売の形態で、故人の使っていた倉庫を整理するのが面倒で、遺族が仲介業者を通じて丸ごとパックで競売にかけるのだ。当然、買い手は、あるかないかわからないお宝を求めて大量のガラクタを仕入れることになるため、売り手にとっては、そのほうが儲《もう》けになる可能性が高い。

そのため、この手の売り立てに来るのは、たいてい骨董《こっとう》の売買を専門とする人間で、手に入れた品を自分たちで修理したり整備したりして売りに出し、なんとか儲けが出ればいいが、競り落とした値段によっては、完全な赤字になることもある。

そのあたりが、微妙な駆け引きとなってくる商売であった。

しかも、たまにあることだが、そんなところに一攫千金《いっかくせんきん》を狙《ねら》った学生などが紛れていたりすると、なかなかやっかいなことになる。何も知らない彼らに、場を荒らされるからだ。

今日もそうで、相場を知らなそうな素人《しろうと》が紛れていて、売り立ては少し長引いた。

アシュレイにしてみれば、法外な値段で一気に競り落とすことも可能であったが、そんなことをすれば無駄《むだ》に第三者の注目を集めるだけなので、面倒ではあったが、時間をかけて順当に値を釣り上げ、相場より少し高めの値段で競り落とすことに成功する。

もちろん、目的があってのことである。

そして、人のいなくなった午後。

仲介業者から渡された鍵《かぎ》を使って、アシュレイは錆《さ》びてギシギシと軋《きし》むシャッターを開けた。

とたん、カビ臭さが流れ出て、それとともに止まっていた倉庫内の時間が動き出す。

白々とした陽光の下で見る荷物は、どれもほぼガラクタで、それらを一つ、また一つと

どかしながら、目当てのものを探していく。

故人は、天然石の加工会社の社長で、その会社自体は、彼の引退とともに百五十年以上に及ぶ歴史に幕を閉じていた。

ここには、それまで会社で使われていた機械類や書類などがまとめて残されている。

持ち主だった社長はずいぶん前に亡くなっていたが、遺産を引き継いだ親族が面倒くささを理由に放置した結果、一世代置いて、現在ニューヨークに移り住んでいる孫夫婦が所有者となったのだが、両親からの情報で、そこにあるのがガラクタばかりであることを聞き知っていた彼らは、得られる収入が、飛行機の往復運賃に見合わないと判断し、中身を丸ごと競売にかけることにしたのだ。

（もし遺産を継いだのが俺なら——）

天然石らしい石が入った箱を手にしつつ、アシュレイは思う。

（百五十年以上の歴史があると聞いたら、噂《うわさ》はどうあれ、とりあえず、自分の目でたしかめにくるがな）

箱の蓋《ふた》を開けて中身を確認し、小さく口笛を吹いたあと、それを脇《わき》に置いて別の荷物を取り上げた。

（まあ、俺にとっては、ラッキーだったが）

箱に入っていたのは、かつてはまったく価値のなかった鉱石類だが、現在は、その稀《き》少性《しょう》から数千倍の値がつくようになったものばかりだ。おそらく、この箱だけでも、競り落とした金額を優に上回る収穫になるだろう。

もっとも、原石の状態なので、見てわかる者は少ない。ただ、細工師でもあった故人のところには、この手の原石が多く寄せられていたはずだ。

それと、削ったあとの屑《くず》も——。

そうやって、小一時間ほど丁寧に遺品を見ていたアシュレイは、ようやくいちばん奥に置いてあった古い机に辿《たど》り着《つ》き、それをつぶさに調べ始める。

目当てのものは、ここにあるはずだ。

予測しつつガタガタと音のする引き出しを開け、奥まで覗《のぞ》き込《こ》んだり、見えない部分を手で触ってたしかめたりした結果、引き出しの一つに隠し扉があるのを見つけ出す。

底板が二重になっている箇所があり、スライドさせると鍵穴が見つかったのだ。

だが、かんじんの鍵がない。

そこで、アシュレイは、机を動かして背後を調べ、引き出しのついてない側の細い脚部に、よく見ないとわからない突起を見つけ出す。この手の細工机によくあることだが、そこに数センチ四方の引き出しがついていて、鍵などの小さなものを隠せるようになっていた。

思ったとおり、引き出しの中には一本の鍵が入っていて、それは先ほどの鍵穴にぴったったりはまる。

鍵を使って引き出しの中の隠し扉を開けると、二重底になっていた空間に一冊の日記帳と小さな長方形の木箱が入っていた。

木箱にはフック式の鍵がついていて、錆びて固くなっているフックを外して蓋を開けると、中に布が敷き詰めてあり、その上にガラスの欠片《かけら》のようなものが載っていた。

一見するとガラスの欠片に見えるが、本当にガラスかどうかはわからない。

長さにして一センチほどの欠片は、古いものにしては透明度が高く、故人の職業からしても、水晶やそれに相当する鉱石である可能性が高い。

しかも、よく見ると、その破片には、三つのアルファベットが彫り込まれている。全体の小ささを考えると、並外れた技術といえよう。


——AEI。


破片を取り上げて明るいほうに翳《かざ》して眺めたアシュレイが、ややあって小さく口元を引きあげる。

その手の中で、欠片が驚くほどキラキラと輝いた。

「ビンゴ」

いったい、何が「ビンゴ」なのか。

そもそも、彼は、こんな場所に何をしに来たのか。

だが、神の業が人の与《あずか》り知《し》らぬことであるように、アシュレイの行いもまた、アシュレイ以外の者には与り知らぬことであった。

やがて、欠片を木箱に戻し、木箱ごと胸ポケットにしまったアシュレイは、日記帳を手に取ると、踵《きびす》を返して歩き出しながらスマートフォンを取り出して、どこかに電話をかける。

「――ああ、俺だ。すんだ」

それだけ言うと電話を切り、あとは、振り返りもせずに倉庫を出ていった。

2

大学の図書館から出てきたユウリは、ポケットで振動した携帯電話に気を取られ、うっかり前を見ずに通路に歩み出してしまう。

とたん。

ドンと。

横から歩いてきた人とぶつかった。

「きゃ」

「わ」

いきおい、ユウリが左腕に抱えていた本と相手が持っていた本やノートが地面にバラバラと落ち、その場にごちゃまぜに広がる。

「やだ、ごめんなさい。よそ見をしていて」

「こっちこそ」

互いにびっくりした声をあげたあと、我先にと謝り、それから慌てて散らばったものを拾いあげる。その際、しゃがみ込んだユウリの目の高さで、相手の女性の首元から垂れたペンダントが揺らめいた。

きれいなペンダントだ。

より正確には、きれいなペンダントヘッドだった。

午前中の陽光を幾重にも反射して、キラキラと輝いている。それはまさに太陽そのものといった輝きで、ちょっと目にまぶしいくらいである。

つい見惚《みと》れてしまったユウリの前から、ペンダントヘッドがスッと消えた。本を拾い終わった女性が、立ちあがったせいである。

遅れて立ちあがったユウリの前に、女性が本を差し出す。

「はい、これ」

「ありがとう。――あ、こっちは君の」

礼を言って受け取り、ユウリも自分が拾った分を差し出す。

「どうも」

礼を言い返した女性が、そこでふと気づいたようにユウリの名前を呼んだ。

「あら、貴方《あなた》、フォーダムよね？」

「そうだけど、君は、えっと」

そこで初めて、ユウリは相手の顔を正面から見た。

こげ茶色の髪をポニーテールにした溌剌《はつらつ》とした印象の女性だ。

その顔を、ユウリもどこかで見たことがある。

だが、誰であるか、すぐに思い出せなかったユウリに対し、右手を差し出した女性が自己紹介を兼ねて言う。

「私は、オリヴィア・ストーン。美術史の授業で一緒なんだけど、まあ、わからないわよね？」

「あ、そうか」

思い出したユウリが、頷《うなず》いて言う。

「わかるよ。見たことがある。──もっとも、名前はわからなかったけど」

「いいのよ。大勢いる授業だから、わからなくて当然。──貴方は有名人だから、私が勝手に覚えていただけ」

そこで、ユウリが首を傾《かし》げる。

「……有名人？」

「ええ」

「僕が？」

「そうよ。──やだ、もしかして、自覚ないの？」

「うん」

頷いたあとで思い返し、言い換える。

「あ、いや、あるかな」

「そりゃ、あるでしょう。なんたって、あのアーサー・オニールの親友で、かつレイモンド・フォーダム博士のご子息ともなれば、噂にもなろうというものよ」

やはり、そうだ。

ユウリ自身には人から注目されるべき点はなかったが、ユウリのパブリックスクール時代からの友人であるアーサー・オニールは、今を時めく英国俳優で、その知名度はうなぎ上りである。そのうえ、この夏にはハリウッド・デビューも決まっていて、やがてはまったく違う世界の住人になるだろう。

もっとも、パブリックスクール時代、ユウリの庇護者《ひごしゃ》として絶対的な地位を確立していたシモンがフランスに戻って以来、オニールは、我こそがシモン・ド・ベルジュの跡を継ぐ者だと言わんばかりに、大学内でユウリの庇護者を気取っている。

そんなオニールを中心とする華やかな一団には、オニールの従兄妹《いとこ》で、同じ劇団の看板女優であるユマ・コーエンや、有名人ではないが、その艶《あで》やかな金髪緑眼の美貌《びぼう》で注目されているエリザベス・グリーンなどがいて、同じ学生の間でも自然と一目置かれる存在になっていた。

それに加え、世界的に有名な科学者である父親の名前も、ユウリの社会的身分《ステイタス》を押し上げる要因になっているようだ。

ただ、逆にいうと、それらの名前に寄ってくる人たちとは、少し距離を置いたほうがいいということである。

もちろん、この段階では、まだオリヴィアの本心はわからない。

小さく溜《た》め息《いき》をついたユウリが、話題を変えるために訊《き》く。

「それはそうと、ストーン」

「よければ、オリヴィアと」

「なら、オリヴィア。訊いてよければ、そのペンダントって……」

「ああ、これ?」

首からさげているペンダントをつまみあげ、ペンダントヘッドを左右に振ったオリヴィアが、嬉《うれ》しそうに自慢する。

「きれいでしょう?」

「うん」

「私が、作ったのよ」

「へえ」

感心したユウリが、「その石は」と続ける。

「スワロフスキーかなにか?」

天然石にしては透明度が高く、かつ、うっすらとした色のつき方がふつうではないように思えたのだ。

だが、その質問は、まずかったらしい。

「いいえ」

若干《じゃっかん》不満げに否定し、オリヴィアが言う。

「私、ガラスは扱わないの」

「あ、そうなんだ。――ごめん。よくわからなくて」

「いいけど」

それから、手にしたペンダントヘッドを見おろして、オリヴィアが「これはね」と告げる。

「ハーキマーダイヤモンドよ」

「ハーキマーダイヤモンド？」

繰り返したユウリが、一拍遅れて「え⁉」と驚く。

「ダイヤモンドって、その大きさで？」

どう見積もっても、五十カラット以上はありそうで、もしこれが本物のダイヤモンドだとしたら、どれほど質が悪くても、かなりの額になるだろう。

すると、その反応を待っていたかのように、オリヴィアが笑って応じる。

「誤解しないで。たしかに『ダイヤモンド』とは謳《うた》っているけど、実は、この石――」

だが、彼女が正しい知識を披露《ひろう》する前に、横合いから別の声が割って入った。

「ユウリ！」

振り返ると、そこにオニールとユマがいて、二人して芸能人オーラ全開で彼らのほうに近づいてくる。

燃えるような美しい赤毛にトパーズ色の瞳を持つオニールは、人好きのする甘い顔立ちで多くのファンを惹《ひ》きつける根っからのスターである。

対するユマは、灰色がかった緑色の瞳を持つ中性的《ユニセックス》な印象のある女性で、アイドル的な人気を誇るオニールよりは、演技派として知られている。

先に進み出たオニールが、オリヴィアを品定めするように横目で見ながらユウリに対して訊く。

「こんなところで、何してんだ、ユウリ」

「何って、立ち話だけど」

それから、隣で「うわ、本物」と呟《つぶや》いていたオリヴィアを紹介する。

「彼女は、美術史のクラスで一緒のオリヴィア・ストーン」

「ああ、知っている」

同じ授業を取っているオニールがどうでもよさそうに応じ、いちおう「どうも」と短く挨拶《あいさつ》したあと、言った。

「それより、ユウリ。昼、これからだろう。よかったら、このまま一緒に行こう」

「あ、うん、そうだね」

そんな会話をする彼らの後ろでは、美術史の授業を取っていないユマが、何か思い当たることがあるように「オリヴィア・ストーン？」と繰り返した。

それから、彼女のほうを見て尋ねる。

「ね、貴女《あなた》、もしかして、『恋する石《ラヴィング・ストーン》』の管理人のオリヴィア・ストーン？」

「ええ、そうよ」

嬉しそうにユマを見たオリヴィアが、訊き返す。

「もしかして、私の作品を見てくれたの？」

「ええ。劇団仲間が教えてくれて。——ちなみに、その子は、『恋する石《ラヴィング・ストーン》』のアクセサリーを買ってすぐ、大きい役をもらえたそうよ」

「あら、それはよかった」

「以来、ずっと興味があって」

「本当に？」

「うん。——そうだ、よかったら、連絡先交換しない？」

「喜んで！」

どうやら、女子同士、話が弾んでいるようだ。

その様子を見て、少々つれない態度を取ってしまったおのれを反省しながら、オニールがユウリと顔を見合わせる。

なんといっても、彼らにはわからない世界だ。

ややあって、オニールがユウリに訊く。

「……『恋する石《ラヴィング・ストーン》』って？」

「さあ。僕は知らない。彼女とは、知り合ったばかりだし」

しばらくして、オリヴィアと手を振って別れ、スマートフォンを操作しながらユウリたちと合流したユマに、オニールが早速質問した。

「なんだ、今の？」

「なにって、そうねえ」

スマートフォンから目をあげずに応じたユマが、少し考えてから答える。

「一種の異業種交流会？」

「異業種交流会？」

そう言われてもよくわからなかったオニールが、眉《まゆ》をひそめて言い返す。

「もっと、わからない。――そもそも、彼女のこと、知っていたのか？」

「ええ。彼女、一部の女子の間では、けっこう有名よ」

応じたユマが、「なんといっても」と続けた。

「彼女の作るアクセサリーを身につけると、即座に夢が叶《かな》うそうだから」

「――夢が？」

言いながら合点したらしいオニールが、「そうか、つまり」と要約した。

「彼女、パワーストーン・アクセサリーを作って売っているんだな？」

「そういうこと。――ああ、あった。ほら、これ」

ずっとスマートフォンを操作しながら話していたユマが、目当てのサイトを見つけたらしく、画面を彼らのほうに向けて説明する。

「前に、劇団仲間が教えてくれたものだけど、ここに、彼女のこれまでの作品がアップされているの」

だが、せっかく見せられても、スマートフォンの画面では小さくて確認しづらかったため、彼らはいつも昼食を取っているカフェに行き、そこでお昼を食べながら改めて見ることにした。

3

ロンドン大学の近くにある老舗《しにせ》カフェには、年中「予約席《リザーブド》」になっているテーブルがあった。

なんのためかといえば、オニールを中心とした仲間たちが座るためなのだが、別に、彼らが望んでそうなっているわけではない。ただ、ここの店主が、英国屈指の大女優イザベル・オニールの大ファンで、その息子であるオニールに対し、勝手にそういう計らいをしてくれているだけなのだ。

今日も、その席についた彼らは、サンドウィッチやハンバーガーを食べながら、オニールが取り出したタブレット型端末を覗き込む。

もちろん、見ているのは、オリヴィアが運営するサイト「恋する石《ラヴィング・ストーン》」である。

「……水晶？」

画面を追っていたユウリが、コーヒーを飲んだところで意外そうに呟いた。

聞き逃さなかったユマが、画面を指でつまむようにして一つの作品をクローズアップしながら言う。

「ハーキマーダイヤモンドのことなら、そうよ。『ダイヤモンド』と言っているけど、実は水晶なの」

「へえ」

そういえば、話が途中になってしまっていたが、先ほど、オリヴィアもそのことを説明しようとしていたのだろう。

彼女の代わりに、ユマが丁寧に説明してくれる。

「ニューヨーク州のハーキマーで採れるから『ハーキマー』とつくらしく、原石の状態での透明度の高さや六角形の結晶構造などがダイヤモンドを彷彿《ほうふつ》とさせることから、そう呼ばれるようになったって」

「ふうん。──詳しいね、ユマ」

「そうね。最近、興味が湧いただけだから、にわか知識だけど」

クローズアップした写真を元に戻し、新たに画面をスライドしながらユマが続ける。

「ちなみに、その効力の高さから、パワーストーン愛好者の間でハーキマーダイヤモンドの人気が高く、最近では偽物も多く出回っているそうよ。だから、買う時は信頼できるお店で買うようにしないと」

それに対し、オニールが「これは」と尋ねる。

「大丈夫なのか？」

確認しているのは、オリヴィアの作品だ。

「うん、大丈夫だと思う」

応じたユマが、炭酸飲料のストローを口にくわえながら「というのも」と理由を告げる。

「オリヴィアの家は老舗の宝石店で——あ、ほら、コヴェントガーデンに店を出している『ストーン宝飾店』」

「へえ、あそこ」

さすが、セレブの息子だけはあり、オニールは店の名前を耳にしたことがあるようだった。

母親の御用達《ごようたし》か、でなければ、女友達にプレゼントしたことがあるのだろう。

「それで、仕入れは父親がやっていると聞いたことがあるから、もし彼女が売るものに偽物なんかが交ざっていたら、それこそ、店の信用問題になりかねないでしょう?」

「たしかに」

オニールが納得していると、あとからやってきたエリザベス・グリーンが、彼らが見ていた画面に興味を示して会話に加わった。

「あ、それ、もしかしてハーキマー?」

すかさず、ユマが応じる。

「リズも興味があるの?」

「うん。友達が持っていてきれいだったし、願望成就の助けになるとかって」

「リズ」というのは、エリザベスの愛称で、ふだん、あまりその手のことに興味を示さない彼女にしては、食いつきがいい。

「願望成就かあ」

ユウリが繰り返すと、エリザベスがユウリを見て応《こた》えた。

「もちろん、本当かどうかはわからないけど、司法試験を受ける前に、私も買っちゃおうかなって思っているの。ま、一種のお守り？」

そんなエリザベスに、ユマが朗報を告げる。

「あ。見て、新作が出ている」

「え、見たい」

そこで、ユマとリズが画面を独占してしまい、男性陣はすっかり蚊帳《かや》の外だ。

楽しそうに画面を見ている彼女たちの横で、食べ終わったあとの包み紙を丸めていたユウリが、ひっそりと呟く。

「……そうか、ハーキマーねえ」

ハーキマーダイヤモンドが水晶の仲間であるのはわかったし、納得もいく。

納得がいかないのは、オリヴィアがしていたペンダントのほうだ。

というのも、画面で確認したハーキマーダイヤモンドは、たしかに透明度も高くきれいで、いかにも「ダイヤモンド」と呼ばれるのにふさわしい輝きであるのだが、あの時、ユウリが目にしたのは、何かもっと違うものであったように思えた。

むしろ、透明度は低くて、代わりに内側で爆発しそうなエネルギーを秘めた石。

中心のほうだけうっすらと黄みを帯びた色彩は、まるで光を透明な膜で閉じこめてしまったかのような印象があった。

（あれ、本当にハーキマーダイヤモンドなのかな……？）

そんな疑いを持つが、素人の自分に言えるようなことではない。

悩みながらコーヒーをするユウリに、タブレット型端末を奪われ退屈そうにしていたオニールが「ダイヤモンドといえば、ユウリ」と話しかけてきた。

「ベルジュは、大変そうだな」

「――え？」

ふいに耳に飛び込んできた名前に対し、ユウリが意外そうに顔を向ける。

「シモンが、なに？」

「いや、ベルジュなのか、ベルジュ家なのかはわからないが、今週末から、ルーブルの企画展にベルジュ家の秘蔵品が展示されるんだろう？」

「ああ、そうそう。シモン、そんなことを言っていた」

直接聞かされていたし、部屋にはチラシも置いてあるのに、すっかり忘れかけていたユウリが、意外そうに訊き返す。

「でも、アーサー、よく知っているね」

大英博物館での展示ならともかく、ルーブル美術館ということは、海峡を越えた隣国フランスでのことである。

だが、オニールは当然のごとく言う。

「ロンドンでも、けっこう話題になっているからな」

すると、ひとしきりハーキマーダイヤモンドの話題で盛り上がっていた女性陣が、顔をあげて会話に加わってきた。

「なに、もしかして、ルーブルでやるジュエリー展の話?」

「そう」

「まさか、ユウリ、招待されているとか?」

「ううん。招待はされてない」

否定したユウリに、ユマが意外そうに訊く。

「でも、展示されるのって『ベルジュ・ブルー』でしょう。こんな機会でもなければ、お目にかかれないのに、内覧会とかに呼ばれなかったの?」

「うん」

「それは、ベルジュにしては珍しいわね」

「そうかな?」

「そうよ」

ユマが断言すると、横からエリザベスが推測する。

「その日は、彼、マスコミ対応で忙しいんじゃないの?」

「ああ、まあ、そうよね。初めての一般公開で注目の的だから。――私も見に行きたかったんだけど、どうやら、入場に際して人数制限をするらしく、事前申し込みは、すでに終了していたの」

「そうなんだ?」

知らなかったらしいエリザベスに「みたいよ」と頷いてから、ユマが続ける。

「あとは、見たければ、当日、長蛇《ちょうだ》の列に並ぶしかないってこと」

「それは、ちょっと面倒くさいな」

オニールの感想に、「でしょう?」と同調したユマが、「それにしても」と感心したように告げる。

「すごいわよね。ルーブルの企画展に展示されるような宝石を所有しているなんて」

「本当よ」

「やっぱ、ベルジュって、私たちからしても異世界の住人だわ」

「たしかに」

仲間たちの会話を聞きながら、ユウリも心の中で「本当にそうかもしれない」と密《ひそ》かに納得する。

しかも、お宝はそれ一つだけでなく、ロワール河流域に建つベルジュ家の城には、他にも国宝級の宝石や美術品がゴロゴロしているのだ。

すると、オニールが「だけど」と口にする。

「それなら、ユウリも、まだ見てないんだ?」

「え、何を?」

一瞬、質問の意図がわからなかったユウリに対し、オニールが付け足した。

「だから、『ベルジュ・ブルー』」

「……ああ」

そこで、一瞬躊躇《ためら》ったユウリが、「――実を言うと」と申し訳なさそうに答える。

「この前、遊びに行った時に、見せてもらった」

「は」

オニールが、天を仰ぐようにして声を漏らした。

先ほどから、あのシモンが、この手の特別な場所にユウリを呼び寄せない理由がわからずにいたオニールであったが、今の答えで納得がいった。内覧会どころか、個人的に見る機会を与えられていたのだ。

それに勝る特別待遇はない。

「だから、あえて、マスコミ関係者がうろうろしているような内覧会なんかに呼ぶ必要がないわけだな」

皮肉げな口調のオニールとは対照的に、純粋に羨《うらや》ましそうに女性陣が言う。

「いいなあ、ユウリ」

「ホント、今までいちばん羨ましいかも」

やはり、女性は本能的に宝石に弱い生き物であるらしい。

ユマが、確認する。

「きれいだった？」

「そりゃ、もう。言葉にならないくらい」

「でしょうねえ」

「やっぱり、一度は本物を見てみたいわ」

うっとりと言い合うエリザベスとユマを呆《あき》れ気味に眺めていたオニールが、ふと思いついたように「でも、それなら」と話題を変えた。

「今週末、ユウリは身体《からだ》が空いているってことだよな？」

「そうだね。手のかかるレポートもないし」

「だったら、久しぶりにどこかに出かけないか。僕も久々にオフで、週末、まるまる空いているんだ」

「へえ」

首を傾げて考えたユウリが、ややあって承諾する。

「いいよ」

すると、ユマが横から「私も」と会話に強引に割り込んだ。

「空いているし、ちょうど、この前、リズとピクニックにでも行こうかって話していたのよ。なんたって、今の季節、ピクニックやキャンプにはうってつけでしょう?」

六月のイギリスは、風も爽《さわ》やかで気持ちのいい日が多い。

「そうそう」と応じたエリザベスが、「オスカーにも」と、ここにいない人物の名前をあげて言う。

「声をかけてみようって言っていたの。彼、アウトドアに詳しくて、道具類も揃《そろ》えているみたいだから」

エドモンド・オスカーは、一緒にお昼を食べている仲間の一人で、一つ年下であるにもかかわらず、それを感じさせない大人っぽさを持った青年だ。ユウリとオニールとは、パブリックスクール時代からの顔見知りで、特に、寮《ハウス》が一緒だったユウリとオスカーの絆《きずな》は強い。

「たしかに」

アウトドアグッズの買い物に付き合わされたことのあるユウリが頷き、発案者のオニールをそっちのけにして、ユマがその場を取り仕切る。

「なら、決まりね。今週末は、みんなで、キャンプにＧＯ！」

4

同じ頃。

ユウリと別れたオリヴィアは、別のカフェでサンドウィッチを食べながら、スマートフォンを操作して「恋する石《ラヴィング・ストーン》」に寄せられる感想を見たり、注文や在庫のチェックをしたりしていた。

出品したばかりの新作も、すでにほとんどが売約済みとなっていて、家に帰ったら梱包《こんぽう》と発送作業に追われそうである。

（また、お母さんに手伝ってもらっちゃおうかしら……）

幸い、この週末は手のかかるレポートなどがないため、パワーストーン関係の作業に集中できるが、勉強が忙しい時はそういうわけにもいかない。

そんな時に頼りになるのが、専業主婦である母親だった。

（梱包と発送がすんだら、あのハーキマーも、さっさと形にしてしまわないと）

まるで、追い立てられるように、彼女はあれこれ考える。

最初の頃、まだ趣味の域を出ていなかった間は、作品一つ仕上げるのに、なんだかんだ時間をかけたものである。

形。

色合い。

石同士の相性等々。

それが、最近は慣れもあってか、一つの作品に費やす時間はかなり短くなっている。決していいことだとは思えないが、そこが、ただの趣味と商売の境目という気がしないでもない。

しばらくして、画面を見るのに疲れたオリヴィアは、顔をあげ、ぼんやりと目の前の通りを眺めやる。窓に面した一人用の席からは、通りがよく見渡せ、往来する人々を観察するにはうってつけの場所だった。

人間ウォッチングは、おもしろい。

急ぎ足で歩き去る者。

逆に、ゆったりとウィンドウを見ながら歩く者。そういう人とは、時おり目が合い、互いにちょっと気まずい思いをしたりするのだが、そうして人生が一瞬交錯《こうさく》した相手が、このあと、どこで何をして、どんな家に帰っていくのか、想像するとワクワクする。

他にも、うつむき加減で今にも死にそうな顔をしている人や、足取りも荒く、とにかく怒りを抱えながら生きている人、スキップしそうなくらいウキウキした様子で歩いていく人など、実に多様な人生が行き交《か》う。

その切り取られた生活の一場面は本当にさまざまで、こうして窓辺に座っている彼女自身もまた、はたから見たら、そうした一瞬一瞬を積み重ねている一人に過ぎないのだ。

(なんか、不思議)

考えながら無意識に首からさげたペンダントに触った彼女は、ハーキマーダイヤモンドを陽光のほうに向けて眺めた。透明というより、むしろ白っぽく見える石の中心が、彼女の手の中で陽光を映してキラッと輝く。

(……きれいだけど、やっぱり、この石、ハーキマーにしてはかなり異色ね)

石の輝きを眺めながら彼女がそんなことを思っていると、それまで通りを歩いていた男の一人が、何かに驚いたような表情を浮かべて、バッとオリヴィアの前の窓に張りついた。

びっくりしたオリヴィアに向かい、男がガラス越しに何か言った。だが、当然声は聞こえず、ただ、口パクだけとなっている。

驚きから回復したオリヴィアが、眉をひそめ、ひとまず背後を振り返った。

もしかしたら、この見知らぬ男は、オリヴィアではなく、店内にいる誰かに何かを伝えようとしているだけではないかと考えたのだ。

だが、振り返ったところには、会話に夢中になっている若いカップルと分厚い本を読んでいる青年、さらには、スマートフォンやタブレット型端末を見ていたり新聞を読んでいたりする男たちはいるが、通りにいる男とコミュニケーションを取っている様子の人間は皆無《かいむ》だ。

首を傾げたオリヴィアが、顔を戻して通りを見る。

と、そこに先ほどの男の姿はなく、ホッと気が抜けたのも束《つか》の間《ま》、今度はふいに背後から声をかけられた。

「すみません、お嬢さん」

どうやら、ガラス越しでは埒《らち》が明かないと思ったのか、例の男は通りを回って店内まで入ってきたようだ。

しかも、注文カウンターを通らず、まっすぐオリヴィアの席までやってきた。

ドキッとしたオリヴィアが、警戒心をむき出しにして応じる。

「なんですか？」

「いや、そのペンダントですけど、どこで手に入れたものでしょう？」

「え、これ？」

手に持っていたハーキマーダイヤモンドをかかげつつ、オリヴィアが、「これは」と意外そうに説明する。

「私のオリジナルですけど……」

「オリジナル？」

繰り返した男が、疑い深く確認する。

「本当に?」

「ええ」

「それなら」

男は慌てたように言う。

「それを、私に売ってくれませんか?」

「え――?」

今まで以上にびっくりしたオリヴィアが、「いえ」ととっさに否定する。

「ごめんなさい。これは、売り物ではないので」

「そこを、なんとか」

「そう言われても、困るわ」

オリヴィアは、男の指に光るサソリの意匠が施《ほどこ》された指輪に視線をやりながら続ける。

「本当に、売る気はないの。ごめんなさい。――ただ、これは駄目だけど、他にも、私のサイトにハーキマーダイヤモンドのアクセサリーが出ているから、もし、どうしても欲しければ、そっちを見てみてくれません? ――これ、サイトのアドレスです」

そう言って、アクセサリーの写真の中にサイトのアドレスだけが記されたカードを渡す。

それで、話は終わるはずだった。

ジ・エンドだ。

だが、予想に反し、相手はさらに食い下がってきた。

「いえ。別にハーキマーダイヤモンドに興味があるわけではないんです。欲しいのは、貴女が身につけているそれだけで」

強引に詰め寄ってくる相手から逃れるため、オリヴィアは飲み干したカップを手に持って立ちあがった。

「だから、何度も言っているけど、これを売る気はないのよ」

嘘《うそ》である。

もともと、色が悪くて売り物にならないと思って自分用に仕立てただけなので、頼まれれば売っても構わないはずだ。

だが、なぜか、彼女はその気がしない。

だいたい、聞く耳を持たない相手の態度も不気味で、一刻も早くその場を離れたかったオリヴィアは、急ぎ足で返却口へと向かう。

さすがに、それ以上はまずいと判断したのだろう。

男が店を出ていく。

それを横目で確認してホッとしていると、今度は、彼女の後ろから返却口に空のカップを返した男が、持っていた分厚い本でオリヴィアの胸元を示しながら、荘厳《そうごん》ともいえる声で告げた。

「そんなものを首からぶらさげているからだ。速やかに処分するよう忠告する。——わかったな?」

「——え?」

いったい、次から次へとなんなのか。

まさか、ハーキマーダイヤモンドの引き寄せパワーではあるまい。

ともあれ、驚いて立ち尽くしたオリヴィアをその場に残し、羽根のように薄くてやわらかな白いロングカーディガンの裾《すそ》を翻《ひるがえ》し、男はそのまま飄《ひょう》々《ひょう》と歩き去る。

立ち去る一瞬、チラッと彼女を見たサファイアのような瞳が、オリヴィアの頭から離れない。

心の奥底まで見通すような、神々しい視線。

さらに、離れていく堂々とした後ろ姿は、降臨した天の御使《みつか》いを思わせる。

取り残されて、しばらく呆然《ぼうぜん》としていたオリヴィアは、立て続けに見舞われたおかしな邂逅《かいこう》に混乱と恐怖を覚え、やがて気を取り直すように一度ブルリと身体を震わせると、大急ぎで、安心できる我が家へと帰っていった。

5

ロンドン郊外にある高級住宅地。

その一つに家族と住むオリヴィアが急ぎ足で家に入っていったあと、表の通りを一人の男が歩き過ぎた。

恰幅《かっぷく》のいい身体にチェック柄のシャツと生成《きな》りのズボンを身に着けたふつうの中年男性で、帽子を目深にかぶり、脇に新聞を挟んで歩く姿は、近所に住む男が早めに終わった仕事から帰ってきたところのように見える。

だが、帽子の下の視線は鋭く、オリヴィアが入っていった家の表札や番地を抜け目なく確認しながら歩いていく。

オリヴィアは気づかずにいたが、男は、オリヴィアが店を出てからここまでずっと、彼女の跡をつけてきたのだ。

彼は、通りの端まで行くと、そこでUターンし、来た道を戻りながらどこかに電話をかけた。

「もしもし。――ああ、俺だ。まずいぞ」

それに対し、電話の相手が何かを言ったらしく、「いや」とアメリカ英語で反論する。

「そうじゃない。驚いたことに、別のものを見かけたんだ。——そう、まったく別のところで、だ。道を歩いていた時に、たまたまなんだが、明らかに、伝説の石そのものの輝きと形をした石だった。あれぞ、まさしく『ラピス・ウィータ』だ」

相手が話す間、黙っていた男が、ふたたび言う。

「そうだよ。つまり、二つ存在する。——もちろん、どちらかがふつうのだろう。例の石が、我々の先祖が準備した偽物《ダミー》ということだってありうる」

それに対し、電話の相手が何か言い、それに応えて告げる。

「もちろん、向こうが本物なら、こっちは、私の思い違いだ。その時はそう認めよう」

そこで、また電話の相手が何か言ったらしく、男が「そうだ」と強めに応じる。

「その噂が現実味を帯びてくる。——我々が都市伝説としか考えていなかったことが、実は真実だったのかもしれない。——ああ、ちょっと待ってくれ」

興奮気味に話していた男は、ふたたびオリヴィアの家の前を通り過ぎる際、そこで一度立ち止まり、手にしたスマートフォンの調子を見るようにしながら、家の写真を何枚も撮りまくった。

ふたたび歩き出しながら、言う。

「持ち主は、女だ。学生っぽい女が持っていた。——家は確認した。あとで、女の写真と家の写真を送る。——そう、こちらは、赤子の手をひねるようなものだろう。それで、もし、こちらが本物なら、あの計画はなしになる。楽なもんだよ」

電話越しに相手と笑い合った男が、表情を引き締め「だが」と続けた。

「もし、うまくいかなかった場合は――」

そこでちょっと間を置き、宣言する。

「予定どおり、襲撃決行だ」

6

フランスの首都、パリ。

セーヌ川左岸にある大学街、通称「カルチエ・ラタン」にあるカフェでは、パリ大学の学生であるシモン・ド・ベルジュが、オープンテラスのテーブル席に座り、ひと時の休息を楽しんでいた。

白く輝く淡い金の髪。

南の海のように澄んだ水色の瞳。

寸分の狂いもなく整った顔はまさに神の起こした奇跡のようで、椅子《いす》に斜《はす》に腰かけた姿がここまで高貴で優雅に見える青年も他にいないだろう。

まさに、天来の御使いのごとき神々しさだ。

吹き抜ける六月の爽やかな風や白い食器の上で弾《はじ》ける陽光が、神々の寵児《ちょうじ》ともいうべき彼の存在を祝福しているようだった。

そんな完璧《かんぺき》な容姿もさることながら、天下にその名を轟《とどろ》かせるベルジュ・グループの後継者という恵まれた立場と、その役割を遂行するのに不足ない実力を併せ持つ彼に、生きていくうえでの不満など皆無のように思われるが、人間というのは誰しも、その立場に応じた悩みというものを必ず抱えていて、シモンとて例外ではない。

ここ最近でいえば、まず過密なスケジュールだ。

能力のある人間のことは周囲が放っておかず、あちこちから次々に用事を頼まれ、学生の本分である勉学と合わせると、今の彼に自由になる時間などないに等しい。

もっとも、忙しいのは別にいいのだ。

処理能力の抜群に高いシモンにとって、忙しさで困るということはない。

ただ、忙しいことで、ロンドンにいる友人にゆっくり会いに行く時間が取れないのが問題だった。それに加え、先ほどその友人に送ったメールに、まだ返信が来ていないことがシモンを悩ましくさせている。

こんな時こそ、彼からのメールが無性に読みたいと願うシモンだ。

友人——。

それは、他でもない、パブリックスクール時代からの親友であるユウリのことで、電磁波の影響を受けるのを無意識に避けているらしい彼は、いまだに携帯電話のままで暮らしているという、それこそ「絶滅危惧種《レッドデータアニマルズ》」に分類できそうな、実に稀有な存在であった。

そのうえ、メールの着信に無頓着《むとんちゃく》でいられるという、ナマケモノも顔負けののんびり屋である。

となれば、送信したメールに返信が来るまで、へたをしたら一日近くかかることもままあり、なかなか連絡がスムーズに取れないことも多いが、それでも、そういうおっとりした性格も含め、ユウリという存在をこよなく愛するシモンは、そうして返信を待つ時間すら楽しめてしまうのだ。

それに、本当に急を要する連絡であれば、ロンドン大学の仲間たちやフォーダム邸に居候中の異母弟に連絡すればすぐに伝わるし、まして、命に関わるくらいシモンやユウリにとって重要な要件であれば、ユウリがそれを逃すことはないはずだ。

へたをすれば、メールをする前に、虫の知らせを受けて電話をよこしそうである。

それでも、つい無意識にスマートフォンを確認していたシモンの前に、その時、断りもなく誰かが座った。

気づいたシモンが顔をあげると同時に、相手が明るく挨拶する。

「やっほ～、シモン」

ボブカットにした艶やかな赤毛。

蠱惑《こわく》的なモスグリーンの瞳。

パリコレに出てきそうな服でもなんなく着こなす絶対的なプロポーションを誇る美女の登場に、シモンのテンションが一気にさがった。一般男性なら確実にテンションがあがる場面であるが、シモンの場合はさがるのだ。どん底である。

というのも、この美女の正体は、シモンの従兄妹であるナタリー・ド・ピジョンで、見

からだ。

目の麗しさとともに破天荒な性格で知られる彼女は、目下のところ、シモンの頭痛の種だ

挨拶を返すこともせず、げんなりと溜め息をついたシモンに、ナタリーが「あ～、もう」と文句を言う。

「なに、そのテンションのさがる態度は」

「それは、こっちの台詞《せりふ》だよ」

冷たく応じたシモンが、同じ口調で問いかける。

「――で、僕に何か用かい？」

ナタリーが、手をあげてギャルソンを呼びながら、言い返す。

「あら、用がないと、同じテーブルに座っちゃ駄目なの？」

「基本、そう願いたいね」

「失礼な」

率直な意見を聞かされ、一瞬頬《ほお》を膨《ふく》らませたナタリーだが、その実、それくらいでは一ミリも傷つかない。

事実、一秒後には、やってきたギャルソンに向かって笑顔でカフェオレを頼んでいる。

それがすむと、シモンと正面から向き合って「でね」と早々に本題に入った。

「ものは相談なんだけど」

「断る」

内容を聞きもしないうちに明言したシモンをモスグリーンの瞳で剣呑《けんのん》に見やり、ナタリーが言い返した。

「私、まだ、何も言っていないんだけど」

「言ったところで、どうせ、ロクなことじゃない」

「どうかしらね」

そこで、今度は不気味に微笑《ほほえ》んだナタリーが、唐突に頼みごとを口にする。

「ね、一日でいいから、『ベルジュ・ブルー』を貸してくれない？」

「――は？」

一瞬、我が耳を疑ったシモンが、もう一度同じことを繰り返そうとしたナタリーより早く、ピシャリと拒否する。

「貸すわけがないだろう」

「なんで？」

真面目《まじめ》に尋ねるナタリーに、シモンが答えた。

「おいそれと貸せるようなものではないからだよ。君だって、知っているだろう。今回の一般公開だって、あちこちから懇願されてようやく実現したんだ」

説明するのも馬鹿《ばか》らしそうなシモンが、「だいたい」と訊き返す。

「『ベルジュ・ブルー』を借り出して、いったいどうするつもりなんだ?」

三十六カラットもある宝石は、アクセサリーに仕立ててあるわけではないため、たとえ借り出せたところで使い道はないはずだ。

だが、ナタリーにはナタリーなりの事情があった。

ギャルソンが運んできたカフェオレを受け取りながら、彼女は「もちろん」と告げる。

「友人たちを集めてお披露目会《ひろめ》をするのよ」

「お披露目会?」

「そう」

「なんのために?」

「決まっているでしょう。『お披露目会』なんだから、めったに拝めない『ベルジュ・ブルー』を眺めながら、優雅にお茶するの。――ワインでもいいけど。それ以外に何があると思って?」

「……お茶ね」

女学校時代に伝統的な魔女サークルに所属していた彼女であれば、家宝を使って占いや死者の呼び出し《ネクロマンシー》でもするのではないかと疑っているシモンに対し、胸を張って主張したナタリーが、「だって、知っている?」と確認する。

「企画展で『ベルジュ・ブルー』を見るのに、人数制限があるの」

「もちろん、知っているよ」

あっさり応じたシモンが、内情を教える。

「警備についていろいろな角度から検討した結果、人数制限をしたほうがいいだろうということになったんだ。――でも、整理券の予約を受け付けているから、事前に申し込んでおけば、問題なく見られるはずだよ」

「わかっている。――でも、そんなの、とっくに終了しているわよ。まったく、お坊ちゃまは、ホント、呑気《のんき》で困るわ」

不機嫌そうに言ったナタリーが、次いで理不尽な文句を並べ立てる。

「だいたい、おかしいでしょう。みんな、あの宝石を見たがっているのに、当日、長蛇の列に並ばないと見られないのよ。でも、当然、私に頼めば、そんな苦労をしなくてもなんとかなると思っているし、ベルジュ家の関係者なんだからなんとかできるのがふつうなのに、できないとなったら、私の面子《メンツ》が――」

言葉の奔流を聞き流していたシモンが、それを止めるべく途中で告げた。

「まあ、なんとかできなくはないけどね」

「え、そうなの？」

まさか、手段があるとは思っていなかったナタリーが、拍子抜けした様子で訊き返す。

「個人的なお披露目会以外で？」

「当たり前だろう」

頷いたシモンが、続ける。

「個人的なお披露目会なんてものはもってのほかだけど、たとえば、今週、金曜日の閉館後にマスコミ各社を招いての内覧会が開かれることになっているので、その招待状を用意することは可能だ」

「へえ」

意外そうに受けたナタリーが、一度カフェオレを飲み、それを置いてから疑わしげに訊く。

「……それはありがたいけど、なんで、そんなに親切なの？」

「親切すぎて、いっそ不気味」と続けた従兄妹を呆れたように眺めやり、シモンが言い返す。

「なにを言っているんだ、君が言い出したことだろう。それに、ここで変に断って、君がまたぞろ宝石強盗なんて常識では考えられないような手段に訴え出ないとも限らないことを思えば、こんなもんですむなら、僕としては、むしろラッキーだ」

「……ふうん」

そこで、ふたたびカフェオレを口にしたナタリーが、「なんでかしら」と言う。

「今、やんわりとディスられた気がする」

「そうかい？」

しれっと応じたシモンを軽く睨《にら》んだナタリーが、反撃のつもりか、沈黙したままのスマートフォンを顎《あご》で示した。

「それはそうと、鳴らないわね、スマホ」

つられてチラッとテーブルの上に置いてある自分のスマートフォンに視線を走らせたシモンが、鬱陶《うっとう》しそうに訊き返す。

「それがなんだい？」

「だって、ユウリからの返信を待っているんでしょう？」

からかうように言ったナタリーが、「でも」と続ける。

「ユウリは友達が多いから、フランスにいる人間のことなんて、頭にないんじゃない？」

とたん、水色の瞳を細めたシモンが、ジロッとナタリーを睨んで言った。

「うるさいな。そんなことは重々承知しているよ。悪いけど、僕のことは放っておいてくれないか」

するとと、言っているそばからメールの着信があり、とっさに覗き込もうとしたナタリーの前からさっとスマートフォンを取り上げたシモンが、冷たい口調で問いかける。

「で、ナタリー。まだ、何か僕に用があるのかい？」

「いいえ。ないわ」

「なら、さっさと——」

消え失せろというニュアンスの言葉をシモンが吐く前に、「はいはい」と頷いたナタリーが、カフェオレを飲み干して席を立つ。長い付き合いで、ユウリとの時間を邪魔することだけは、絶対にやってはいけない禁忌だと心得ている。

ただ、去り際に、念を押すのを忘れない。

「招待状、忘れないでね」

それに対し、ただサッと手を水平に振って応えたシモンは、離れていくナタリーの後ろ姿からスマートフォンの画面に視線を移し、ざっとメールの内容に目を通す。

途中、読みながら片眉をあげ、読み終えると同時に画面を操作して電話をかけた。

案の定、メールに返信したばかりで、まだ携帯電話を手にしていたらしいユウリが、ワンコールで電話に出る。

『はい、フォーダムです』

「やあ、ユウリ」

『――え、シモン!?』

どうやら発信者を確認する前に電話に出たらしく、驚いた声が続けて尋ねる。

『どうしたの、電話なんて。何かあった?』

「いや、ないよ。ただ、ちょっと声が聞きたくて」

『なら、いいけど』

ホッとしたように応じたユウリが、『あ、今』と言う。

『遅まきながら、メールを送ったんだ』

「うん、読んだよ。――それで、週末はオニールたちとキャンプだって？」

『そう。もちろん、シモンが駄目なのはわかっているけど、いちおう、誘うだけは誘っておこうと思ったんだ』

「ありがとう」

ユウリからのメールには、週末の楽しそうな予定と、「ダメもとで」という前置きで、お誘いの言葉が書かれていた。

ユウリらしい気遣いである。

シモンが、言う。

「たしかに今週末は駄目だけど、メールを読んで刺激されてしまったから、こっちが落ち着いたら、地中海の島でグランピングでもしよう」

『グランピング？』

「うん。うちが所有している島の一つにその手の施設を造ったので、何も持たずに行っても野外のあれこれを楽しめるんだよ」

『へえ』

それは、多忙なシモンにはうってつけだと思ったユウリが、嬉しそうに了承する。

『いいね。楽しそう』

「なら、早速手配しておくよ」

そんな心躍《こころおど》る遊びの予定を入れることですっかり元気を取り戻したシモンは、ほどなくして電話を切ると、短い休息を終え、多忙な日常へと戻っていった。

第三章　ありえない客

1

土曜日。

セーヌ河畔《かはん》にあるルーブル美術館の一角に、午前中から長蛇《ちょうだ》の列ができていた。

もちろん、フランス屈指の観光名所であれば、企画展のことなど知らないふつうの観光客も多く、最近では館内を巡る時間はなくても広場にある有名なガラスのピラミッドだけでも写真に収めようとやってくる人たちもいて、周辺は平日でも賑《にぎ》わいを見せている。

とはいえ、美術館の出入口は数ヵ所あるため、これほど長い列ができることはめったにない。

やはり、今日は、いつもと少し様子が違っているようだ。

開催されている企画展「宝物《トレゾール》　～歴史《デビジュ》を彩った宝石《アヴェック》たち《リストワール》～」は、展示品がきらびやかな宝石であることから、絵画や彫刻の愛好家とは異なる人たちが押し寄せてきて、これほどまでの混雑ぶりとなっているのだろう。

　中でも、ベルジュ家が秘蔵する三十六カラットのホワイトブルーのダイヤモンドは、「ベルジュ・ブルー」との愛称で知られるくらい、その世界では有名で、この機を逃せば、二度と目にすることはできないとされている。そんな貴重な宝石を見るため、みんな、朝っぱらから苦労をものともせずにやってきたのだ。

　その様子を車の中でモニターを通して知ったシモンは、助手席にいる秘書の名を呼ぶ。

「モーリス」

「はい？」

「今日は、六月にしては気温が高くなると言っていたね？」

「そうですね。今の段階で二十五度を超えているので、昼頃にはかなり暑くなるでしょう。まさに異常気象です」

　答えたモーリスが、眼鏡を押し上げながら訊《き》き返《かえ》す。

「何か、気になることでも？」

「うん」

　少し考えたシモンが、スマートフォンを操作しながら続けた。

「それなら、昼までに、『ベルジュ・ブルー』を見るために並んでいる人たちに、ミネラルウォーターを一本ずつ渡せるよう手配してくれないか。──父には、僕のほうから報告しておく」

「わかりました」

すぐにスマートフォンを取り上げたモーリスが、「当然」と訊き返す。

「熱中症対策ですね？」

「そうだよ。せっかく来てくれたのに、具合が悪くなったら気の毒だ。入場制限のせいで動きが遅いはずだし、かといって、並んでいる列を離れる気にはならないだろう。イライラが募って揉《も》め事《ごと》が起きても困る」

「たしかに。──では、すぐに手配します。ただ、今から工場のほうに発注しても、昼までに届くかどうか」

懸念を示す相手に向かい、シモンはなんてことないように告げた。

「まあ、無理だろうね。それより、自社ビルの倉庫には、災害時に放出するミネラルウォーターが保存してあるはずだから、それを使えばいい」

ベルジュ・グループは自社ブランドのミネラルウォーターを持っていて、災害時などには相当数のまとまった量をすぐに放出できるよう準備してある。当然、それを踏まえたうえでの発言だ。

「──なるほど」

「よろしく」

問題点をあげた時にはその解決方法まできちんと用意している明晰《めいせき》さ。そのうえ、どんな時でも損なわれない神々しさは、他に並ぶものがないほどだ。

バックミラー越しにシモンの高雅な姿を盗み見たモーリスは、改めておのれの主人の素晴らしさを再認識すると同時に、本当に、凡人である自分が、こんな超人的な人間の片腕になれるのかと、不安になってくる。

そんなモーリスの葛藤《かっとう》など知る由もなく、父親宛《あ》てのメールを打ち終えたシモンは、関係者専用の駐車場へと向かう車の窓から外を眺めた。

頭上には、抜けるような青空が広がっている。

（イギリスも、こんな感じのキャンプ日和《びより》なのか……）

考えた時には視界が遮られ、車は地下の進入路を下っていた。

2

その日の昼過ぎ。

ルーブル美術館の警備室に詰めていたシモンのところに、差し入れを持った異母弟のアンリがやってきた。

「兄さん」

「やあ、アンリ。ご苦労様」

淡々と挨拶《あいさつ》をかわしながら、彼らは監視カメラの映像が映るモニターの前で軽く抱擁《ほうよう》し合う。

ベルジュ家が所有するホワイトブルーのダイヤモンド「ベルジュ・ブルー」は、その稀少性《きしょうせい》からこれまでに何度も盗難予告がされたという経緯があり、数々の美術館から展示の申し入れがあったにもかかわらず、実現できずにここまで来た。

それが、このたびようやく、こうして展示することができたのだ。

当然、警備には万全が期され、さらに、何かトラブルが起きた際に即時対応できるよう、期間中、ベルジュ家の人間が一人、必ず警備室に詰めることになっていた。

土曜日の今日は、長男のシモンと、午前中のうちにこのためだけにロンドンから一時帰国してきた次男のアンリが、交代でその任に就く。

明日は、父親とその父親から家族同様に信頼されている秘書のラロッシュが担当する予定だ。

テーブルの上に大きな紙袋を置いたアンリが、「――で」と尋ねる。

「――どんな感じ？」

「まあ、特に問題はないよ」

答えたシモンが訊き返す。

「お前も、道中、問題なかったかい？」

「ない。むしろ、快適だった」

応じたアンリが、「あ、そういえば」と確認する。

「外で配られていたミネラルウォーターは、兄さんの指示？」

父親やラロッシュが不在の今日、あのような気の利いた采配《さいはい》を振《ふ》れるのはシモンをおいて他にいない。

「そうだよ」

「やっぱり。――熱中症対策？」

「うん。外、暑かったろう？」

「暑かった。ロンドンも、今日明日は暑くなるそうだし」

長兄が知りたいであろう情報をさりげなく付け足したアンリが、「そうそう」と言いながらポケットを探り、小さなお菓子のケースを取り出した。

「これ、ユウリからの差し入れ」

渡されたものを見て、シモンが呟《つぶや》く。

「──眠気防止のタブレット？」

「うん。警備室に詰める話をしたら、僕たちが万が一にもそこで居眠りしてしまわないようにと言って、自分が使っているいちばん強烈なのをくれたよ。ヘリに乗り込む前に一粒口に入れたけど、本当にからかった。──別に、僕たちだけが宝石を監視しているわけではないんだけどね」

「たしかに」

それでも、ユウリらしいウィットの利いた差し入れに、シモンは微笑《ほほえ》んでそれをテーブルの上に置く。

それから、話題が出たついでに、近況を尋ねた。

「それで、ロンドンのほうはどうだい？」

「ん～。おおむね、いつもと変わらないよ」

そこに若干《じゃっかん》の含みを感じたシモンが、「それは」と訊き返す。

「多少は何かあるってこと？」

鋭い突っ込みに、アンリが「そうだね」と言いながら顎《あご》をかく。異母弟の中で何か葛藤があるらしい。

水色の瞳《ひとみ》をすがめたシモンが、「アンリ」と問いつめる。

「何かあるなら、話してしまったほうがすっきりするよ」

「そうなんだけど、いちおう、ユウリに口止めされているから」

「なら、なおさら話したほうがいい」

なかば脅迫めいた口調で迫られ、肩をすくめたアンリが白状する。どっちみち、彼も話しておいたほうがいいと思った事柄だ。

「実は、ちょっと前のことだけど、ユウリのところに常識ではありえない客が来たんだ」

「……常識ではありえない客？」

警備室に置いてある安物のコーヒーを二人分用意しながら、シモンが訊き返した。

「どんな？」

「そうだねえ」

渡された紙コップのコーヒーを受け取りながら、アンリが答える。

「ユウリ曰《いわ》く、『天使見習い』だそうだけど」

「――『天使見習い』？」

飲みかけていたコーヒーから口を離し、シモンが眉《まゆ》をひそめて訊き返した。

「それは、どういう意味での『天使見習い』なんだろう?」

当然の疑問だ。

比喩《ひゆ》なのか。

それとも、そう主張するおかしな人でも訪ねてきたのか。

だが、どちらも違うようである。

「たぶん、文字どおりの『天使見習い』だと思う」

「文字どおり?」

繰《く》り返《かえ》したシモンが、「つまり」と確認する。

「やがては、羽の生えた本物の『天使』になる『天使見習い』ということかい?」

「うん。そういうこと」

「…………」

ついには沈黙してコーヒーをすすったシモンに対し、「いや、だからね」とその時の状況を話して聞かせたアンリが、「ただ」と最後に付け足した。

「それ以来、姿を見ていないので、本当にただの通りすがりだったのかも」

「通りすがりで『天使見習い』?」

だとしたらもう、何が通ってもおかしくない。

「まあ、そんな夢みたいな話があるとは思えないだろうけど、ユウリの場合、まわりで起きることはそんな夢みたいなことだらけだから、これもありなんじゃないかって」

「まあねえ」

しぶしぶだが、シモンもそのことは認めざるをえない。

言葉の綾《あや》などではない、本当の「天使見習い」が部屋を経由するなど、ふつうなら絶対にありえないことなのだが、ユウリの部屋なら、それもありうる。

ただし、アンリの推測しているように、本当にただの通りすがりかといえば、それはかなり怪しい。

アンリが続ける。

「おそらくだけど、ユウリ自身、そう考えていて、すでに『天使見習い』のことは忘れかけていると思うし、僕に口止めしたのも、特に問題が起きていないうちから忙しい兄さんを煩わせたくないからで、実際、それは当たっていたことになる」

「……なるほど」

もちろん、それがユウリの気遣いであるのはわかっている。

逆の立場なら、シモンもそうしただろう。

それでも、どれほど悩ましかろうと、ユウリのまわりで起きることはすべて把握しておきたいと思うシモンだ。それが、身勝手な独占欲に過ぎないことはわかっているが、ユウリのことならすべて知っておきたいし、叶《かな》うことなら、自分がそばにいて、同じ時間を過ごしたい。

（キャンプだって――）

正直に言えば、一緒に行きたかった。

シモンは、そんな自分の思いをとても傲慢《ごうまん》でつまらないものと卑下しているが、二十歳に満たない若者なんて、まだ子供の延長に過ぎなければ、友人同士であっても嫉妬《しっと》や独占欲がつきまとっても、なんの問題もない。

むしろ、あったほうが、自然でいいくらいである。

その後、実は朝から何も食べていないと訴えたアンリを先にお昼に行かせ、自分は引き続き安物のコーヒーを飲みながら知り得たばかりの情報をあれこれ吟味していると、テーブルの上に置いてあるシモンのスマートフォンが、ふいに立て続けにメールの着信音を響かせた。

何ごとかと思って見ると、イギリスの友人たちが、おのおの自分たちの撮った写真を送ってきたようだった。

まず、オニールのメールには、「いいだろ～」という短文とともに、ユウリの肩を引き寄せて自撮りしたツーショットの写真が添付されていた。なんともオニールらしい挑発的なものであるが、ふいをつかれたと思われるユウリの、ひどく驚いたような表情が微笑ましい。そういう意味で、あんがい、いい写真である。

次にユマのメールを開くと、「なんとか、設営成功」というメッセージとともに、かなり豪勢なテントの前で撮った集合写真が添付されている。これはこれで、公正なユマらしい写真だ。

続くエリザベスも、「けっこう大変かも」という言葉を添えて、ユウリが苦労しながらテントの設営をしているところを撮った写真を送ってきてくれ、オスカーもエリザベスと似たようなスナップ写真で、ユウリとユマとエリザベスが、鍋《なべ》などを洗っているところを送ってくれた。

それらを次々に見ているうちに、なんとなく、自分も参加しているような気持ちになってきたシモンが、少し遅れて届いたユウリからのメールを開くと、「一緒に、どう？」という洒落《しゃれ》の利いた言葉とともに、昼食だけを上から撮った写真が添付されていた。

まるで、そこには、みんなといてもシモンのことをきちんと考えているという意味が込められているような気がして、スマートフォンを見ながらシモンがやわらかな表情を浮かべる。

それを見た若い警備員が、同性ながら一瞬ドキッとしたようにシモンの整った顔に見入り、それから羨《うらや》ましそうに尋ねた。

「もしかして、彼女からのメールですか？」

「――え？」

ふいをつかれて顔をあげたシモンに対し、若い警備員が慌てて「あ、すみません」と謝った。もちろん、彼は、シモンがベルジュ家の人間であることを知っているので、気安く話しかけたことを申し訳なく思ったようだ。

「なんか、あまりに幸せそうに微笑んでいたので、つい」

「――ああ」

そこでスマートフォンを見おろしたシモンが、「恋人ね」と苦笑して言う。

「残念ながら、そんなんじゃありませんよ。ただ、昔の学友たちが、今週末キャンプに行っていて、その写真を送ってきてくれたんです。――僕も、この件がなければ、参加していただろうから」

「ああ、そうですか。いいですね、楽しそうで」

頷《うなず》いた若い警備員が、意外そうに続ける。

「でも、そうか。貴方《あなた》みたいな人でも、友達とキャンプとか行くんですね」

「それはそうですよ。僕だって、ふだんはふつうの学生ですから」

答えたシモンは、一通り見終わったスマートフォンを置きながら、何げなくモニターのほうに目を向けた。

とたん、ハッとして、一つの画面に見入る。

それは、他でもない「ベルジュ・ブルー」が展示されている部屋の様子が映し出されたモニターであったが、そこに、知った顔がいたのだ。

知ってはいるが、決して歓迎すべきものではない。

「──なんで、いるんだ？」

当惑気味に呟いたシモンが、ややあって水色の瞳をすがめると、幾分か挑戦的な声音《こわね》になって「なんにせよ」とひとりごちる。

「ここにもありえない客が一人、紛れ込んだようだ」

すると、モニター越しの声が聞こえたわけでもないだろうに、ふと顔をあげて防犯カメラのほうを見つめた青年が、右手で銃のような形を作って「バン」とこちらを撃つ真似《まね》をした。

冗談にしてはあまりに性質《たち》が悪いし、見ていたのがシモンでなければ、警備員が慌てて駆けつけた可能性もある。

「……まったく」

長身瘦軀《そうく》。

長めの青黒髪を首の後ろで緩く結わえている。

黒縁眼鏡をかけた姿は、一見すると鉱石の研究者か老舗《しにせ》宝飾店の敏腕マネージャーといった風情であるが、レンズの向こうで底光りする青灰色の瞳は並々ならぬふてぶてしさを湛《たた》えていて、見ようによっては、知的窃盗団の下見を思わせた。

だが、それこそ冗談ではない。

なんでいるのかは本当にわからないが、出現したからにはしかたない。

溜《た》め息《いき》をついたシモンはおもむろに腰をあげると、こんな場合ですら優雅に見える足取りで警備室を出ていった。

3

「ベルジュ・ブルー」が飾られているのは、独立した展示室の中だった。

しかも、その展示室には、くだんのダイヤモンドと、もう一つ、これもベルジュ家が提供した「星の時空」と呼ばれる宝飾時計の二つだけという、かなり贅沢《ぜいたく》な空間の使い方である。

それもこれも、すべて、予想される混雑を少しでも緩和するためだ。

来場者が部屋にいられるのはおよそ五分で、入り口と出口を別に設けた完全入れ替え制となっている。それでも、展示物を四方から眺められる作りにしてあるため、見ている人間はあらゆる角度から宝石を堪能《たんのう》できるはずだった。

展示物に集中できるよう、部屋の中に説明書きはいっさいなく、知りたい情報は、順番待ちをしている前室で流れているモニターの映像と、見終わったあとに通る部屋に準備されたパネルから得られるようになっていた。

警備室を出たシモンは、人でごった返す前室を通り抜け、入り口に立つ警備員に軽く挨拶して展示室の中に入る。

探すまでもなく、目当ての人物は展示ケースのそばにいた。しかも、この混雑にもかかわらず、彼のまわりだけ不思議とわずかに空間ができている。

「――アシュレイ」

　近づいたシモンが後ろから小声で名前を呼ぶと、彼は振り返り、不敵な笑みを浮かべて応じる。

「これは、これは、所有者一族みずから説明に来てくれるとはありがたいね」

「別に、説明に来たわけではないですよ」

「じゃあ、何しに来たんだ？」

　問い返され、シモンは一瞬返事につまる。さすがに、何もないうちから不審者扱いをするわけにもいかないと思ったからだ。

　ややあって、答える。

「ま、いちおう挨拶ですかね」

「へえ」

「そういう貴方こそ、何しにいらしたんです？」

「そりゃ、見てのとおり、お宝見物だ」

　皮肉げに応じたアシュレイが、顎で周囲を示して言う。

「盛況じゃないか」

「おかげさまで」

「ゴルコンダ産」

　唐突に地名をあげ、展示ケースのほうを向いたアシュレイが、続けてダイヤモンドの情報を口にする。

「最高純度のホワイトブルーで、大きさといい輝きといい、実に見事な風合いを持っている」

「それは、どうも」

「何より、素晴らしいカッティングで、アクセサリーに仕立てず、こうしてそのままのものを展示できるのも、パビリオンの部分まで計算し尽くされたファセットが見事な光の反射を見せるからだろう」

　肩をすくめたシモンが、認める。

「おっしゃるとおりです」

「やはり、こうして現物を見ると、キンバリー鉱脈のものとは違い、水のようにしっとりとした輝きがあるな。これを見れば、かつて、ダイヤモンドを『ウォーター』で評価したというのもわかろうというものだ」

「なるほど」

　シモンが意外そうに続ける。

「そのご様子だと、宝石にもかなりお詳しいようですね」

今さらアシュレイの博識ぶりに驚く必要はなかったが、それでも、いわくつきではない宝石など、本来なら彼の眼中にないはずだ。

なんといっても、酔狂者のアシュレイが追究したがるのは、あくまでも謎《なぞ》を秘めたオカルトだ。つまり、同じ宝石でも、なんらかの「いわく」がなければ歯牙《しが》にもかけないはずで、だからこそ、こんな場所に現れたことに驚きを禁じえないのだ。

ちなみに、アシュレイが言った「ゴルコンダ産」というのはインドの地名で、十八世紀までは、インドが唯一のダイヤモンドの産地だった。それが、十八世紀にブラジルで、続く十九世紀には、南アフリカで巨大な鉱床が見つかったことから、ダイヤモンドの歴史は大きく塗り替わった。

同時に、その評価の仕方も変化して、それまで、ゴルコンダ産のダイヤモンドが水のような輝きを持っていたことから「ウォーター」という基準が存在したのが、南アフリカの乾いた輝きを持つダイヤモンドが主流になることで、その基準が失われ、代わって現代に通じる「カラット（重さ）」、「カラー（色）」、「クラリティ（透明度）」、そして「カット（研磨）」という四つの「C」が登場することになる。

アシュレイが、バカバカしそうに答えた。

「そりゃそうだ。前室であれほどまでに繰り返し情報を聞かされれば、どんなバカでも覚えるだろう。――あれは、もはや一種の洗脳だな」

「洗脳……」

人が親切でやっていることに対し、ずいぶんな言い様である。

「でもまあ、それだというのに、この部屋に入ってまだ『ベルジュ・ブルー』をブルーダイヤだと勘違いしていて、実物を見たとたん『色が薄い』と驚く人間がいるんだから、笑える。お前たちの努力はまったくの無駄に終わっているってことだ」

フランス語が主流のこの場において、いちおう会話は英語でしているが、それでも、他の来場者に聞こえることをはばかったシモンが、少し声を落として言い返した。

「それはしかたのないことですし、別に嘆くようなことではないでしょう」

「ほお。さすが、お貴族サマは寛大だ」

「ふつうです」

「だが、世に言う『ブルーダイヤ』は、炭素結晶の中にホウ素が混ざって色のついた、いわゆる『カラーストーン』と呼ばれるものの一つで、一般的な無色透明のダイヤモンドとは区別して扱われるのが常識だ」

「そうですけど、天然のカラーストーンはとても稀少で、数カラットのものでも高値で取り引きされているし、来場者が期待したくなるのもわかります」

「だったら、いっそ、手持ちのレッドダイヤを出してやればいいだろうに」

「……レッドダイヤ」

ダイヤモンドにおけるカラーストーンの色の違いは含まれる物質によって異なり、ピンクや青、緑、紫、茶、オレンジ、赤などさまざまだが、それらの中でももっとも稀少とされるのが、ピンクが濃くなった「レッドダイヤモンド」である。

ピンク自体が稀少であるのに、それがさらに濃くなった赤は、市場に出ることはほとんどない。

それを、ベルジュ家は一つ所有している。

今回は展示されていないが、秘蔵品の中には、レッドダイヤモンドがあしらわれた貴重な聖書があるのだ。ただ、「ベルジュ・ブルー」のような大きさはなく、カットも古いままであるため、さほど有名ではなく、むしろ、その事実を、アシュレイがよく知っていたものだと感心せざるをえない。

実を言えば、その宝石がレッドダイヤモンドであるとわかったのも、ごく最近のことなのだ。

いったい、どんな情報網を持っているのか。

アシュレイが、「まあ」と譲歩した。

「そうはいっても、素人《しろうと》にとっては、赤よりダントツ青なんだろうが」

「そうですね」

一般の人間に「ブルーダイヤ」が有名になったのは、世に名高き「フレンチブルー」

や、そのなれの果てと考えられている「ホープダイヤ」のおかげだろう。呪《のろ》われたダイヤモンドとして、その名を天下に轟《とどろ》かせる「ホープダイヤ」は、現在、アメリカのスミソニアン博物館に展示されている。

「だが、この『ベルジュ・ブルー』は」

アシュレイが、宝石を見つめながら言う。

「言うなれば正統派の輝きで、透明度の高い水が光の屈折で青く見えるのと同様、無色透明を極めた先にある青み、さらにはカッティングの妙が生み出した光の魔法であって、『カラーストーン』とはまったくの別物だ。それだというのに、そこを間違われるのは、さぞかし残念なことだろう。――これも、ある意味、『ホープダイヤ』の呪いかね」

「さあ、どうでしょう」

つまらなそうに応じたシモンが、「もっとも」と教える。

「ご存じのこととは思いますが、『ホープダイヤ』にまつわる呪いの話は、今では、カルティエが宣伝のためにでっちあげた作り話だったというのが主流になっています」

「たしかに」

アシュレイが認める。

「美しい宝石には、相応のロマンが必要だからな。いっそのこと、『ベルジュ・ブルー』にも、俺がなんらかの伝説を付与してやってもいいが。――たしか、ヴィクトリア朝時代にインドからロンドンに渡ったある地方の王族が売りに出したのを、オークション会社を通じてベルジュ家が手に入れたんだったな」

「ええ。アシュレイのおっしゃる『ロマン』には欠けますが、そのとおりです」

由来が明らかな宝石というのは、実は少なく、「ベルジュ・ブルー」は、逆に、その由来がはっきりしていることでも知られている。

ただ、ロンドンに渡る以前の歴史はあやふやで、そのインドの王族が所有していたダイヤモンドの一つということしかわかっていない。その理由として、ロンドンに来た時点では、まだその歴史が取り沙汰《とざた》されるほどの輝きが、ダイヤモンド自体になかったというのがあげられる。

つまり、ベルジュ家が手に入れるまで、それはゴルコンダ産の大きなダイヤモンドでしかなく、のちに「ベルジュ・ブルー」として知られるようになる魅惑の輝きは、まだ石の奥に眠ったままだった。

アシュレイが、記憶を頼りに言う。

「たしか、手に入れた時は、原石に近い状態で百カラット以上の大きさだったとか?」

「そうです」

それを手に入れたベルジュ家は、よりよい宝石に仕立てるために、ある研磨師にその宝石を預けた。

「それが、伝説の研磨師か」

「ええ。『リベッラ・アポストロ』という名前以外、詳細は不明で、ヴェネチア出身の研磨師であったとしかわかっていません。その人物については、今回、僕もかなり調べてみたんですが、結局、はっきりしたことはわかりませんでした」

「まあ、その当時、研磨の技術は最高峰の機密事項であっただろうから、当然、研磨師の情報もおいそれとは出せなかっただろう。まして、まだブリリアントカットの技術が、今ほどは確立していなかった時代に、ここまで見事なカッティングを施《ほどこ》すほどの職人だ。名前がわかっているだけすごいことだが、それだって、本当の名前かどうかは怪しい」

「たしかに。なんといっても、『解放の使徒』ともとれるような名前ですから」

認めたシモンに対し、ニヤッと笑ったアシュレイが、「だが、それならそれで、ちょうどいい」と提案する。

「そこにちょっと手を加えて、『ベルジュ・ブルー』の色合いを唯一無二にしておきたかったお前の先祖が、仕事を終えたその『リベッラ・アポストロ』なる研磨師を殺してしまい、その死霊に呪われている――という筋書きは、どうだ？」

「遠慮しておきますよ」

即座に答えたシモンが、「それで」と本題に切り込んだ。

「まさか、本当にただの物見遊山《ものみゆさん》に来たわけではないですよね？」

「なぜ？」

アシュレイが、おもしろそうにシモンを見やる。

その頃には来場者の入れ替えが行われていたが、ベルジュ家の人間であるシモンと話し込んでいるアシュレイに対しては誰も何も言わず、そのまま放っておかれる。

そもそも、大天使のごとく高雅なシモンと、闇《やみ》から生まれ出た悪魔のようなアシュレイが並び立っているのに対し、おいそれと声をかけられる人間はめったにいない。いたとしたら、その人物はよほど豪胆か、でなければ、相当無神経な人間だろう。

人の流れを見ながら、アシュレイが続けた。

「俺が、めったに見られないベルジュ家の秘蔵品を鑑賞しに来ちゃ駄目《だめ》なのか？」

「駄目ではありませんが、それほどヒマでもないでしょう？」

シモンの言葉に対し、アシュレイが鼻で笑って応じる。

「悪いが、義務でがんじがらめになっているお前と違って、俺は、いつ、どこで、何をしようと自由だからな。見たければ、お宝見物にだって足を運ぶさ。――もっとも」

そこで、少しだけ正直に、アシュレイが思惑を披露《ひろう》する。

「俺が本当に見たかったのは、お前の瞳のごとく、きれいなだけの宝石ではなく、知名度は劣るが、謎めいている点ではずっと興味深い『星の時空』のほうだが」

「――へえ」

シモンが、どこか警戒するような表情になって呟く。

「『星の時空』をね」

　そこで、二人の視線が初めて、「ベルジュ・ブルー」ではないもう一つの展示ケースに向けられた。

　そちらの展示ケースの中にあるのは、大理石の台に埋め込まれた宝飾時計で、文字盤には星のように金粉の散る宝石質のラピスラズリが惜しげもなく使われ、中心軸に純金で作られた太陽、その周囲にそれぞれの惑星を象徴する宝石があしらわれている。

　正直、一つ一つの宝石は、それこそ美術品として見た場合、取るに足らない小さなもので、金額に換算すれば、「ベルジュ・ブルー」には遠く及ばない。

　だが、美術工芸品として、それは、まるで宇宙の深淵《しんえん》を覗《のぞ》き見《み》るような、実に詩心をそそられる作品に仕上がっている。

　今回の展示では、「ベルジュ・ブルー」の陰にすっかり埋もれてしまって、人気という点でとても敵《かな》いそうになかったが、いちおう各種の宣伝物にも写真が載せられ、人によっては、ただのダイヤモンドより、この魅惑の宝飾時計に惹《ひ》きつけられるようである。

　アシュレイは、まさに、そんな人間の一人であるらしい。

「ということは、貴方は――」

　だが、シモンが言いかけたそのタイミングで、「あっ！」と声をあげた青年が彼の脇《わき》を通り過ぎたため、そちらに気を取られる。

「あった。これだ」

言いながら、青年は展示ケースのほうに身を乗り出す。

実は、警備の都合もさることながら、少しでも多くの人が見やすいようにと、展示ケースのまわりには頑丈な柵《さく》が設けられていて、来場者は一定の距離を置いた場所からしか見られないようになっていた。

そうでないと、展示ケースに張りついて離れず、他の来場者の邪魔になるような輩《やから》も出てくるだろうと予測してのことだ。

この彼なんかは、まさにその典型といえそうだ。

どうやら、たった今、入れ替え制で入ってきたばかりであるらしく、他の来場客が我先にと「ベルジュ・ブルー」に押し寄せる中、彼だけは、まっしぐらにこちらのケースのほうへとやってきた。

シモンが目で追った先で、青年は展示ケースのほうに身体《からだ》を伸ばしたまま、「うわあ、へえ」とやけに感心している。

「やっぱり、そっくりだ。瓜二《うりふた》つ。もはや、これは相転移《そうてんい》だな」

（……相転移？）

呟きを聞き取ったシモンは、俄然《がぜん》、その青年に興味が湧《わ》いた。何より不思議に思うの

は、いったい、彼は、どこでこれと似たものを見たのだろうかという点だ。それを訊くために声をかけてみるかどうか、ちょっと悩むところであったが、ただ、その前に、まず注意すべき点は、青年と展示物の距離が近すぎることだ。

そんなに身を乗り出していたら、警備員が黙っていまい。

そこで、まずそのことを忠告するためにシモンが声をかけようとした時だ。

「君!」

青年の存在に気づいた警備員が、すっ飛んできた。

「展示ケースに触らないで」

だが、すぐにはわからなかったらしい青年が、きょとんとした顔で相手を見返した。

「——転移ケース?」

「展示ケース」

言いなおした警備員が、「だいたいね」と注意する。

「そこから、そんなに身を乗り出しては駄目だから。警報ベルが鳴っちゃうよ」

青年は、そこで初めて柵や展示ケースの存在に気づいたように「ああ、これか」と呟いて、今度は異様に距離を保ちながら、「星の時空」を眺め、ブツブツと何やらひとりごちる。

「……にしたって、あそこは、やっぱり金では駄目だろう」

いったい、なんのことであるのか。

その時、またもや入れ替えの時間が来たらしく、人の波に追いやられるように青年も展示室を出ていった。

思わずあとを追いかけたシモンであったが、出口を出たところで立ち止まり、左右を確認して首を傾《かし》げる。

どこにも、青年の姿はない。

まわりには、今まで展示室の中にいた人たちがいて、熱心にパネルなどを読んでいるのに、あの青年の姿だけが消《き》え失《う》せている。

すると、シモンの後ろをついてきたアシュレイが、同じように周囲を見て「なるほど」とおもしろそうに言った。

「あいつは、出るも消えるも、幽霊並みに自由自在ってわけだ」

振り返ったシモンが、水色の瞳をすがめて訊き返す。

「――それ、どういう意味ですか？」

「どうもこうも、そのままの意味だが」

応じたアシュレイが、「お前だって」と告げる。

「その目で見ただろう？」

たしかに、そうだ。

青年は、幽霊のごとく消え去った。

だが、登場の場面は見ていない。

シモンが、「つまり」とその点を確認する。

「来た時も、突然だったと?」

「そうだな。詳しく知りたければ、ひとまず俺を警備室に連れていくことだ」

言いながら、アシュレイの青灰色の瞳が妖《あや》しく輝く。

その真意はどこにあるのか。

そもそも、今の青年がアシュレイの知り合いでないとも言い切れない。

どこからが偶然で、どこからが意図されたことであるのか。

「警備室にねえ……」

「ああ。そうしたら、俺が目にした真実を一つ、教えてやろう」

アシュレイのような油断のならない男を警備室に入れるなどもってのほかのように思えるが、実のところ、強欲なようでいて、彼ほど現実的なものに対する欲望に無頓着《むとんちゃく》な人間はいない。

つまり、ただきれいなだけの宝石を盗み取るようなことは、アシュレイの実力なら簡単にできても、主義として絶対にやらないと断言できる。

それに、欲しければ、方法はどうあれ、正々堂々と手に入れるはずだ。

長い付き合いでそのことを知っているシモンは、「わかりました」と了承すると、アシュレイを連れて警備室へと戻っていった。

4

「本当だ……」

警備室でモニターを覗き込んだシモンが、驚いたように呟いた。

その横では、腕組みをしたアシュレイが満足そうな表情を浮かべて立っている。

二人が確認しているのは、警備室で再生してもらった少し前の録画映像である。

それは、「星の時空」に向けられた防犯カメラの映像の一つで、画面の下部には、身体半分ほどしか映っていない後ろ姿のアシュレイの横で、こちらを向いて話しているシモンの姿が捉《とら》えられている。

その前後の映像を数倍速で流し見ていたところ、ある瞬間、画面の中に突如、例の青年が姿を現したのだ。

「あ――」

流れ去る画面の途中でシモンが声をあげ、その箇所を少し巻き戻し、今度はスローで再生すると、たしかに、その青年はシモンの背後からふいに出現する。――より正確に言えば、シモンの背後から現れるが、その前段階としてシモンの背後に入り込む姿が映っていない。

つまり、入り口からシモンの背後に近づくまでの姿が、まるまる抜け落ちている。防犯カメラの映像に何か細工でもされているのではないかと疑い、念のために確認させるが、ハッキングされているというような事実はなく、映像もそのままのものが使われていた。

言い換えると、映像にあることが事実だ。

「でも、まさか」

シモンが、まだ疑わしげな様子でアシュレイを振り返る。

「彼は、いったい、どこから湧いて出て、どこに去っていったんでしょう？」

「さあ」

アシュレイが、肩をすくめて応じる。

「俺が知るわけがないだろう」

「どこの何者かも……ですか？」

「ああ」

頷いたアシュレイが、「むしろ」と言い返す。

「お前のほうが、何かしらヒントを握っているんじゃないのか？」

「……ヒント？」

「そうだ」

そこで、アシュレイがモニターを顎で示して告げる。

「少なくとも、あいつは、アレに興味があったわけだからな。――アレに惹かれて出てきたとも言える」

「……そうですね」

頷きつつ、シモンは慎重に考える。

「アレ」というのは、先ほどまで話題にしていた「星の時空」のことで、どうやら、アシュレイも興味を持っているらしい。何度も言うが、彼が興味を示すのは、そこに、なんらかの秘められた謎――オカルト的な要素がある時だけで、まさに今、その一つが顕現したといえる。

正体不明の神出鬼没な青年――。

そこで、ふと思ったシモンが、顔をあげて尋ねた。その頭には、先ほど、異母弟から聞いたばかりのありえない客のことがあった。

「ちなみに、ユウリは、このことを知っているんですか?」

「さあ」

肩をすくめたアシュレイが、青灰色の瞳を妖しく細めて応じる。

「どうだかな」

もっとも、知っているなら、呑気《のんき》にキャンプになど行っていないだろう。

それを考えると、ユウリは、まだ関《かか》わっていない。

ただ、この件のあとでは、そう悠長なことも言っていられない気がした。――少なくとも、アシュレイがユウリを巻き込むのは、時間の問題だ。

「それなら、アシュレイは」

シモンは、無駄と知りつつ訊いてみる。この際、わずかでも手がかりが摑《つか》めれば、儲《もう》けものだ。

「『星の時空』のどこに、興味を持たれているんですか？」

「そりゃ、もちろん。さっきのあいつと同じで、金でできた太陽についてだ」

「……金でできた太陽？」

繰り返しながらスッと水色の瞳を伏せたシモンが、記憶に残る場面を再生する。

それは、神出鬼没の青年が言い残した言葉だ。


――にしたって。

彼は、そう呟いていた。

――あそこは、やっぱり金では駄目だろう。

（金では駄目……か）

今にして思えば、それは、当然金で作られた太陽のことを言っていたのだろう。

そして、まさにその呟きが、「星の時空」の展示の準備に深くたずさわったシモンの心に、なんとも印象的に突き刺さっている。

（つまり――）

シモンが、結論づける。

（やはり、金ではなかったのだ）

金ではなく――。

考えを巡らせるシモンに対し、アシュレイが「どうやら」と告げた。

「その様子だとまだ耳に入っていないようだが、来週末、ロンドンのサザビーズで行われるアンティーク・ジュエリーのオークションに、急遽《きゅうきょ》、驚くべき出物が追加されることになったそうだ」

「――驚くべき出物？」

それは、初耳である。

オークションハウスの上客であるベルジュ家には、フランスはもとより、ヨーロッパ各地の競売会社から定期的に宣伝物やカタログが送られてきていて、それに合わせた下見会《プレヴュー》会場を覗いたりもしているが、だからといって、それらすべてに目を通せるほど、シモンも暇人ではない。

それでも、以前に比べたら、ロワールの城に戻った時などに居間に置いてあるカタログを見る機会が増えているのも事実で、昨日もちょうど、夕食後に目を通していた。

だが、記憶にある限り、アシュレイの言うような目を引く出物はなかったはずだ。

シモンが慎重に訊き返す。

「それは、なんですか？」

「タイタニックの亡霊だ」

「――タイタニックの亡霊？」

「そう」

重々しく頷いたアシュレイが、「どういうわけか」と教える。

「かつて、タイタニック号とともに沈んだとされる幻のイエローダイヤモンド『太陽の雫《サンドロップ》』が、このたび、時を経て市場に出てきたらしい」

「――まさか」

珍しく本気で驚いたシモンが、眉をひそめて訊き返す。

「本当に『太陽の雫《サンドロップ》』が現れたんですか？」

「らしいな」

「でも、どうやって?」

シモンの質問に対し、答えを迷うように肩をすくめたアシュレイは、「経緯のことを訊いているのなら」と教える。

「イギリスのサルベージ会社が、研究目的で例の海域から引きあげた海底物の中に紛れていたそうだ」

「海底物――」

それは、かなり現実味のある話で、すぐさま悪戯《いたずら》や詐欺《さぎ》と退けられるものではない。

「……それなら、本当に?」

「さてね」

最後は曖昧《あいまい》に応じたアシュレイが、「なんであれ」とそそのかすように言った。

「それが眉唾《まゆつば》かどうかはさておき、かつて、競り負けたお宝を、ベルジュ家がその威信をかけ、今度こそ手に入れられるかどうか、なんとも見ものだな」

5

同じ頃。

フランスパンにハムとチーズを挟んだだけの、簡単だがとても美味《おい》しいサンドウィッチを食べたアンリは、久々に母国の味を堪能できて満足だった。

やはり、パンはフランスだ。

どのカフェで食べても、パンがまずいことはあまりない。

そのフランスで、最近、日本のパンが人気のあることを、日本人の血を引くユウリは知っているだろうかと思いながら、アンリはのんびりとカフェオレをすすった。

美術館に併設されているカフェの回廊席からは、ガラスのピラミッドが眺められる。

ロンドンの生活を満喫しているアンリであるが、唯一残念に思うのは、食事だ。

幸い、フォーダム邸で食べられるエヴァンズ夫人の手料理は美味しく、非常に満足のいくものであるため、ロンドンでの生活を楽しんでいられるが、全般的にイギリス人の味覚はフランス人のそれとはえらく違っていて、慣れることはなさそうだ。

アンリが、あまり寄り道をせずに帰るのも、一つには、外で食べるものが口に合わないというのがあった。もちろん、探せば気に入る店もあるだろうし、実際、最近は「ここ」

という店をいくつか発掘しつつある。

それでも、こうして母国に戻った時には、当たり外れのない安心感から、あまり頭を悩ませずにカフェでご飯を食べられるのが楽だった。

なんにでもすぐに馴染《なじ》むアンリの、それが唯一のこだわりと言ってもいい。

もっとも、美味しければ、ゲテモノでも食べられる。そういう意味では、食に対しても適応力の高いアンリだ。

あるいは、変わった味でも、珍しい郷土料理などは興味を持って食せるのだが、なんといっても、イギリスには郷土料理らしい郷土料理が存在しない。おそらく食へのこだわりがさほどないせいだろうが、アンリにとっては、それが一番の問題だった。

（イギリスも、地方に行くと、あんがい、その土地の料理があったりするんだけど……）

その点、日本人の食に対する意欲はすごい。

和食はもとより、中華系の麺類《めんるい》から「ラーメン」という世界に通用するジャンルを生み出し、パスタ料理だって、それ専用の店があるなどして、本場イタリアも顔負けの美味しさと種類の多さを誇っている。

食事を終えたアンリは、カフェを出ると警備室へ向かって歩き始めた。

やはり、今日はいつにもまして人が多い。

途中の廊下には、「宝物《トレゾール》　～歴史《デ　ビジュ》を彩った宝石たち《アヴェック　リストワール》～」と大きく書かれ、天球盤を模した美しい宝飾時計の一部が写る垂れ幕がかけられていた。

その下を通り階段を降りていったアンリは、ふと、売店周辺の人混《ひとご》みの中に、どこかで見たことのある顔を見いだしてハッとする。

(……あれ、あいつ)

ショッピングアーケードにある逆さピラミッドの近く。

土産物をたくさん買い込んでいる東洋系の集団がいる向こう側を、すらっと背の高い金髪の青年が歩いている。

顔は一瞬しか見えなかったが、青年の着ている服に見覚えがあった。

白いTシャツに黒いジーンズを穿《は》き、Tシャツに書かれた文字を目立たなくするよう、上に黒い袖《そで》なしのチェスターコートを着ている。

他でもない、アンリが貸した手持ちの服一式だ。

ただし、白いTシャツだけは違って、こちらからは見えなかったが、胸のところに「Don't touch me」というロゴが入っているはずだ。

(たぶん、あいつだよな)

「天使見習い」のレピシエル――。

だが、近づこうと思った時には、もう人混みの中に紛れて消えてしまっていた。

(……いない)

彼が立っていたあたりまで来て、周辺をキョロキョロと見まわしたアンリは、本当にレピシエルだったのかどうか、半信半疑のまま、しばらくその場で立ち尽くす。

なぜ、彼がいたのか。

こんな場所で、何をしているのか。

だが、考えたところで答えがわかるわけでもないため、諦《あきら》めて警備室に向かう。

（もしかして、本当に、ただ人間界を観光しに来ただけとか……？）

思いながら首にさげたＩＤカードを手に持ち、警備室の頑丈《がんじょう》なドアを開けようとしたところで、前触《パルドン》れもなく開いたドアから出てきた人物と危うくぶつかりそうになった。

「――あ、すみません《ムッシュウ》」

謝りながら身体をずらし、そのあとで相手の顔を見たアンリは、そこで、レピシエルを見た時とは比べ物にならないほどの衝撃を覚えた。

「――って、嘘《うそ》だろう、あんた！」

出てきたのは、全身黒ずくめのアシュレイで、ぶつかりそうになったアンリに対し、青灰色の瞳を細め、つまらなそうに言う。

「ベルジュの番犬か」

「アンリだよ」

名前を告げたアンリが、首を振って続ける。

「それにしても、信じられない。なんで、あんたがここにいるんだ？」

「お前が信じられなくてもいっこうに構わないし、まずはおめでとうと言ってやるよ」

「おめでとう？」

「ああ。番犬にぴったりの仕事があって、よかったな。キャンキャン、キャンキャン、存分に吠《ほ》えるといい」

「うるさい」

つっけんどんに応じたアンリが、「それより」とふたたび問《と》い質《ただ》す。

「なんでいるのかって、訊いているんだけど？」

言ったあとで、ふと警備室の中を見て、「え、まさか」と確認する。

「宝石泥棒をするために、兄たちを皆殺しにしたわけじゃないだろうな？」

「――はあ？」

呆《あき》れたようにアンリを見やったアシュレイが、おもしろそうに応じる。

「泥棒するにしたって、俺ならもっとスマートにやるが、とはいえ、もし、それがお前の望みだというのなら、いつでも、高慢ちきなお貴族サマの息の根を止めてやるぞ」

本気とも冗談ともつかない口調で言い、アシュレイは、まさに「悪魔の申し子」と呼ぶにふさわしい笑みを浮かべて続けた。

「そうすれば、ベルジュ家はお前のものってわけだ」

「は。ありえない」

冗談とわかっていても気分のよくなかったアンリが、黒褐色の瞳を細めて剣呑《けんのん》に言い返した。

「僕が、兄を押しのけてまでして、ベルジュ家が欲しいとでも?」

「違うのか」

「違うね」

答えるのもバカバカしいという口調で応じたアンリが、「つまんないことを言っている時間があるなら」と三度目になる質問をする。

「答えろよ。いったい、ここに何しに来た?」

「ベルジュ家のもう一つの至宝に、あることを教えてやりに来た」

「あること?」

「そう。きっと、今頃、あいつは俺に感謝しているはずだ」

「感謝ね」

それだけは、絶対にないと確信するアンリの脇を通り過ぎ、アシュレイはいけしゃあしゃあと言い残す。

「ということで、兄弟愛でもって、せいぜいがんばれ」

飄々《ひょうひょう》と去っていく後ろ姿を見送ったアンリが、すぐさま警備室の中へと入っていく。

「――兄さん！」

「やあ、おかえり、アンリ」

勢い込んで飛び込んだアンリを、椅子《いす》に座ってスマートフォンを見ていたシモンが泰然と迎える。予期せぬ人物の訪問を受け、さぞかし苛立《いらだ》っているかと思いきや、あんがい落ち着いた様子である。

その姿は、こんな場所でも実に高雅で神々しく、彼がいるだけで、モニターだらけの殺伐とした警備室が、まるで城の応接室のような贅沢な空間になるようだった。

拍子抜けしたアンリをチラッと見たシモンが、「その様子だと」と続ける。

「アシュレイに会ったんだね？」

「会った」

認めたアンリが、軽く眉をひそめて言う。

「びっくりしたよ」

「だろうね」

「だろうねって……」

シモンの態度が信じられないというように、アンリが疑わしげに訊く。

「ずいぶんと落ち着きはらっているようだけど、まさか、約束していたわけではないよね？」

「それは、たしかに『まさか』だよ。僕だって、驚いた」

「そっか」

ひとまずホッとしたアンリが、「それなら」と改めて問う。

「彼は、何しに来たわけ?」

「さあ」

ふたたびスマートフォンを見おろしたシモンが、画面を操作しながら答える。

「本人曰く、『ベルジュ家のお宝見物』だそうだけど」

「『お宝見物』」

皮肉げに繰り返したアンリが、「当然」と言う。

「信じていないよね?」

「ま、そうだね」

答えつつ、画面を見ていたシモンが「ふうん」と間に挟んだ。どうやら、アンリと話しながら、別のことも考えているらしい。日本でいうところの聖徳太子《しょうとくたいし》の逸話《いつわ》のように、シモンにとって、二つのことを同時に頭の中で処理することは、さして難しいことではないのだろう。

「ちなみに、アシュレイは、お前に何か言った?」

そこで、わずかに考える間を置いたアンリが、答える。

「――兄さんが感謝しているだろうって」

「感謝？」

「あることを教えてやったから、それに対する感謝なんだってさ」

「へえ」

そこで苦笑いしたシモンが、「僕としては」と続ける。

「挑戦状を叩《たた》きつけられた気分だけど」

「挑戦状って、なんの？」

「お宝の争奪戦」

「お宝？」

「そう。――でも、なるほど、感謝ね」

そこで、スマートフォンを置いたシモンが、水色の瞳を伏せて「だとすると」と呟く。

「もしかして、あの人に、競合する気はないのか。――だいたい、よくよく考えたら、そんなことをする意味がないし、欲しければ、黙って手に入れればいいだけのことだ」

なんだかんだ、アシュレイのことで悩ましげにしているシモンを見ながら近くの椅子を引き寄せて座ったアンリが、言葉が途切れたところで、「お宝って」と問いかける。

「『ベルジュ・ブルー』のこと？」

だが、どうやら違ったようで、「『ベルジュ・ブルー』？」と意外そうに繰り返したシモンが、首を横に振って教える。

「違うよ。そこは心配せずとも、あの人の場合、ただきれいなだけの宝石には興味を示さない」

言ったあとで、皮肉げに「それこそ」と付け足す。

「リベッラ・アポストロの霊でも憑《つ》いていない限り」

「リベッラ・アポストロ?」

唐突にあがった名前に対し、思い当たることのあったアンリが訊き返す。

「それって、『ベルジュ・ブルー』を研磨したといわれる伝説の職人の名前だよね? ヴェネチア出身の」

「そう」

「その亡霊って、そんな話があったわけ?」

「ないよ」

あっさり否定したシモンが、すぐに「悪い」と謝る。

「今の話は、忘れてくれ。つまらないことだから。——それより、その様子だと、僕が送った資料には、すべて目を通してくれたようだね?」

「当然」

今回、父親からこの企画展の対応を任されたシモンは、展示物の説明などに不備がないよう、作成した資料を、父親はもとより、アンリや秘書のモーリス、果ては、父親の秘書であるラロッシュにも送り、多角的な視点で検討してもらっていた。

「それなら、『太陽の雫《サンドロップ》』のことも、わかるだろう？」

「もちろん」

両手を広げて応じたアンリが、「『太陽の雫《サンドロップ》』といえば」と簡潔に説明する。

「二十世紀初頭にサザビーズに突如として現れ、当時のベルジュ家を押さえて、アメリカで宝石商を営むアダム・シェパードの手に落ちたそれは、運搬の途中、かの有名なタイタニック号とともに海に沈んでしまい、永遠にベルジュ家の手を逃れてしまったという、しかも、歴史を紐解《ひもと》けば、それ以上に因縁の深いイエローダイヤモンドだ」

「そのとおり」

認めたシモンが、「それが」と言い、ふたたび手にしたスマートフォンの画面をアンリのほうに向けて告げる。

「どうやら、復活したらしい」

「復活？」

驚いたアンリが、腕を伸ばしてシモンのスマートフォンに触れる。

そこには、ロンドンの老舗オークション会社の一つであるサザビーズの公式ホームページが表示されていて、会員専用のページには、たしかに、緊急告知として、「太陽の雫《サンドロップ》」

の名前が書かれている。

「……マジか」

呟いたアンリが、シモンに視線を移して尋ねる。

「信じる?」

「そうだね。——少なくとも、アシュレイが動くだけの何かはあるはずだし、他でもない、サザビーズが鑑定したのなら、本物である可能性が極めて高い。——とはいえ」

そこは、慎重にシモンが言う。

「そんな偶然が本当にあるのかと言われると、やはり疑いは残るけど」

するとと、ちょっと思案顔になったアンリが、ややあって告げる。

「たぶん、兄さんはそこまで見ていないだろうし、そもそも、これは、いわば都市伝説のようなものでまったく信用できないけど、実は、兄さんから送られてきた資料を読んだあと、いくつかのキーワードであれこれネットサーフィンをして見つけた話があって、それによると、『太陽の雫《サンドロップ》』は、実際は、タイタニック号には積み込まれておらず、保険会社から保険金を騙《だま》し取《と》る詐欺だったという噂《うわさ》があるんだ」

「詐欺?」

「そう」

「つまり、もしそうなら、今回、出てきた『太陽の雫《サンドロップ》』は、その時に地上に残されたもので、やはり本物であると？」

「まあ、本当に、あくまでも、そんな話が出回っているというだけだけど、海の底から出てくるよりは、現実的かもしれない」

「たしかに」

そこで、アンリがシモンに「――で」と尋ねる。

「これから、どうするつもり？」

「そうだね。……まあ、金額が桁違《けたちが》いに大きいことを思えば、父に相談してみないことにはなんとも言えないし、もっとよく調べてみる必要はあるけど」

そこで、スマートフォンをアンリの手から取り戻したシモンが、メールを開いてどこかにメールを打ちながら続けた。

「このタイミングだし、僕は、当然、手に入れるつもりだよ」

6

ルーブル美術館の混み合《こあ》う地下から瞬間移動したレピシエルは、美術館前にそびえるガラスのピラミッドの近くにたむろする人混みの中に現れた。いちおう「天使」であるため、そんな神業的なこともできるが、移動距離が極めて短いところが「見習い」の限界である。

消失や出現場所にあえて人混みを選ぶのは、人の目が多いようで、あんがい、誰も他人のことなど見ていないため、数の多さに紛れてしまうのが一番だからだ。

今も、そうして何食わぬ顔で歩き出そうとした青年の行く手を、横から伸びた長い腕が遮った。

ハッとして顔を向けた青年の前に、背の高い男が立っている。

銀に近い白金髪《プラチナブロンド》。

宇宙を秘めたような輝けるサファイアの瞳。

硬質な美しさを持つ男の顔を見たレピシエルが、「あ」と驚き慌てた声をあげる。

「貴方は——」

それに対し、宝石のような瞳でジロッとレピシエルを見おろした相手が確認する。

「レピシエルか?」

「――はい」

認めると、男がレピシエルの腕を摑み、次の瞬間、彼らは少し離れたチュイルリー公園のベンチに座っていた。

目の前に噴水があり、スズメやハトが、地面に落ちたエサをついばんでいる。

噴水を見ながら、男が「――で?」と問う。

「『見習い』が、なぜこんなところにいる」

相手の醸し出す神々しさにドギマギしつつ、レピシエルは「それは」と答える。どうしたって緊張してしまうのは、相手が、本来なら「天使見習い」の彼が話すことなど絶対にできない、位の高い上級天使だからだ。

「あの、えっと、天界の落とし物を拾おうとして、一緒に転がり落ちたからです」

言いながら手を伸ばし、緊張をほぐすために近くに寄ってきたスズメを手に乗せて撫《な》でながら「あ、ただ」と付け足した。

「あくまでも『転がり落ちた』のであって、『堕天』ではありません」

「ほお」

片眉をあげて受けた相手が、言い返す。

「だが、転がり落ちたのであれば、途中で登ることもできたであろう?」

「途中で、ですか？」

びっくりしたようにその言葉を取り上げたレピシエルが、「でも、梯子《はしご》は」と主張した。

「降りはじめたら最後まで降り、地上に着いたら、また登るものでしょう」

レピシエルの口調が強かったせいか、スズメが一瞬その場で飛びあがったが、すぐにベンチの手すりに着地した。

気づけば、二羽、三羽《わ》とスズメがたくさん寄ってきている。

「またそんな、屁理屈《へりくつ》を――」

呆れたように応じた相手が、レピシエルの着ている服を顎で示して訊いた。

「だいたい、その服はどうした？」

「これは、梯子の下にいた親切な人間が貸してくれました」

「つまり、『見習い』のくせに、人と直接接触したのだな？」

「……そうなりますね」

ひやっとして首をすくめたレピシエルを、ふたたびサファイアのような瞳で見やった相手が、「言っておくが」と警告する。

「お前が原因で地上に混乱が起きた場合、その責任を取ることになるからな。それをよく肝《きも》に銘《めい》じておくように」

「はい。わかりました」

神妙に頷いたレピシエルに、相手が「それに」と心配する。

「そもそも、お前のような半人前にとって、地上は誘惑が多すぎる」

「誘惑……ですか？」

それにはあまりピンとこなかったのか、首を傾げて繰り返したレピシエルの胸元を見て、「もっとも」と上級天使がつまらなそうに呟いた。

「そのTシャツを着ていたら、たいていの魔は寄りつかないか……」

それが聞こえたのかどうか、しばらく遠くを眺めていたレピシエルが、ややあって「ときに」と尋ねた。

「例の落とし物は、貴方様が回収を？」

「ああ」

「場所の見当は、ついているんですか？」

「もちろん。とっくだ」

応じた相手が、「お前だって」と続ける。

「それを追ってきたのであれば、落ちた場所の見当くらいは、さすがにつくだろう」

「――あ、いや」

レピシエルが、慌てて言いかける。

「僕が追ってきたのはそっちじゃなく、月の――」

だが、上級天使は、レピシエルの言葉を聞いていなかったらしく、不思議そうにあたりを見まわしながら続けた。

「私が回収を遅らせているのは、これを機に、以前、回収し損ねた欠片《かけら》の謎が解けるのではないかと期待しているからだ」

「――回収し損ねた？」

レピシエルが、興味を惹かれて尋ね返す。

「そんなことって、あるんですか？」

上級天使たちのやることに抜かりはなく、すべて完璧《かんぺき》だと思っていたレピシエルにしてみれば、それは驚くべき事実だ。

「――あったんだよ」

少し怒っているように応じた相手に、レピシエルが「でも」とさらに訊く。

「一つの天体から削られた欠片は、本体が回収されれば自動回収されるのですよね？」

「もちろん、そうだが」

首を傾げて、まわりにいるスズメの数を数えながら答えた相手が、「ただし」と数えていた人さし指をあげて指摘する。

「それができないことがあるのが、地上のおもしろいところでね」

「へえ」

俄然興味が湧いたらしいレピシエルが、ワクワクしたような目で上級天使を見つめて問いかける。

「もしかして、その謎を、今回の落とし物をエサにして解くおつもりですか？」

「そうだ」

認めた相手が、「まあ」と続けた。

「私にとって、これは事後処理のようなものだからな」

「……事後処理」

そこで、今やスズメとハトだらけになっているベンチから立ちあがり、いっせいに飛び立った鳥たちの下でレピシエルを見おろした相手が、「お前も」と告げる。

「どうせ、地上に降りてしまったのなら見物していくか？」

とたん、顔を輝かせたレピシエルが、飛びあがるように立ちあがって頷いた。

「ぜひ、ウ――」

相手の名前を言いかけたレピシエルを片手で遮り、相手が名乗る。

「私の名前は、アダム・シェパードだ」

「アダム・シェパード？」

繰り返したレピシエルが、呆れたように付け足す。

「『羊飼い』ならぬ『人飼い』みたいな、すごい名前ですね」

「まあな。――実際、吠え立てないだけで、やっていることはそう変わらない」

皮肉げに応じた上級天使が、「ということで」と新たなミッションを付け足す。

「お前には、見物ついでに、迷子の捜索を手伝ってもらおうか」

「……迷子?」

自分以外にも、迷子の天使がいるのか。

不思議そうに訊き返したレピシエルに対し、あたりを顎で示した相手が、「どうやら」と教えた。

「つたない瞬間移動を繰り返していたせいで、お前のまわりの空間が変に歪《ゆが》んでいたらしく、我々がここでしゃべっている間に、スズメが一羽、この場から消し飛んでしまったようだ」

7

日曜日の夕方。

友人たちとの泊まりがけのキャンプから戻ったユウリは、荷物を解いて片づけながら部屋を横切った。

その一瞬、どこかでパサパサと鳥の羽ばたきを聞いたように思ったが、片づけに集中していたため、特に意識することなく終わる。

一通り片づけ終わったあとは、シャワーを浴びてさっぱりする。

オニールたちとのキャンプは最高に楽しかったが、やはり、こうして一人になると、なんとなく疲れが押し寄せてくる。

以前、日本にいる時にテレビでやっていたのだが、バラエティ寄りの情報番組に出ていたその心理学者の話では、どんなに仲のよい友人と出かけていて、その場がどんなに楽しくても、人間は他人といることで、必ずストレスを覚えるもので、一人になった瞬間ホッとするのは、そのためだという。

さらに、飲み会でたらふく食べた帰りにコンビニに寄って軽いつまみを買い、家に帰って食べてしまうのも、やはり、他人といることで身体がストレスを覚えていたために満腹感が得られず、それを補うための、ある意味自然な行いなのだと話していた。

だから、今、ユウリが夕食を食べる前に一寝入りしようと思ったのも、楽しさとは別のところで受けていたストレスを緩和するためなのだろう。

ただ、不思議なことに、シモンと過ごしたあとに、この手の疲れを感じたことはない。

もしかしたら、身体は同じようなストレスを受けていても、心理的な面で、離れ離れになった時の淋《さみ》しさがストレスを上回り、疲れを感じていないように思うだけかもしれない。

おそらく、仲睦《なかむつ》まじい恋人同士が、デートを終えて別れたとたん、また会いたくなるのと原理は一緒で、もし、別れた帰りにコンビニに寄ってお菓子などを買い込む自分がいたら、それは、その相手を、そこまで愛していないと考えていいのではないか。

ともあれ、欠伸《あくび》をしながらふたたび部屋を横切ったユウリは、その瞬間、首を巡らせて壁のほうを見た。

そこには例の梯子の絵がかかっているのだが、その横に置いてある背もたれの長いデザインチェアーに、なぜかスズメが一羽、ちょこんと乗っている。

ベランダの窓が開いているので、そこから入ってきたとしても別段おかしくはなかったが、なぜかユウリは、そのスズメが、窓から入ってきたとは思えなかった。

それなら、どこから来たのか。

(う～ん、えっと)

首を傾げてスズメを見ながら、ユウリは思い出す。

(あ、そういえば……)

ちょっと前に、このスズメのように突然椅子のところに現れ出た青年がいた。

自称「天使見習い」のレピシエルだが、彼は、あのあと、どうしたのか。

その場しのぎでしかなかったが、いちおう、厄除《やくよ》け代わりに「キリストの魔除け」ともいえる「私に触れるな《ノリメタンゲレ》」の英語版のTシャツを着させておいたが、それがどこまで効力を持つかはわからない。

(問題なく過ごしてくれていたら、いいんだけど)

ただ、彼の目的がわからない限り、ユウリにはなんとも言えない。

しばらくそうして考えていたユウリであったが、ややあって、ベッドに向かおうとしていた身体を方向転換し、スズメのエサになりそうなクラッカーを取りに、階下へと降りていった。

8

その夜。

寝ているユウリの頭上でバサバサといくつか羽ばたきの音がした。

ややあって、誰かが言う。


「レピシエルじゃないぞ」

続けて、わらわらと何かが寄ってくる気配がする。


「本当だ」

「小鳥だよ」

「この鳥、なんていうんだっけ？」

「スズメだろう」

「そう、スズメだ。スズメがいる」

そこで、しばしの間。

それから、ふたたび会話が続いた。

「まさか、レピシエルが、変身しているんじゃないだろうな？」

「冗談」

「だとしたら、すごい業だ」

「たしかに」

「ありえない」

「だけど、違うなら、あいつは、どこに行ったんだ？」

ふたたび、しばしの間。

その後、バサ、バサという羽ばたきの音が少しずつ遠ざかりながら、声も一緒に遠ざかっていく。

「これは、まずいぞ」

「まずいな」

「叱《しか》られる」

「由々しき問題だからな」

「このこと、報告するか？」

「いや、ちょっと待とう」

「せめて、あいつの居場所がわかるまで」

「だよな」

「なんか、ホント、迷惑なんだけど――」

「言えている……」


翌朝。

ユウリは、スズメのさえずりで目が覚めた。

ただ、健やかというには、程遠い。

なんといっても、スズメの声は窓の外から聞こえるくらいがちょうどよく、枕元《まくらもと》でさえずられるのは、はなはだ迷惑だ。

しかも、目を開けたところにスズメの顔があり、驚いたユウリは、続いて小さく溜め息を漏らし、ゆっくりと起き上がる。

週末の疲れが残っているのか、やけに身体がだるい。

特に、以前からおかしかった左腕が重く、少ししびれているようだ。

（……もしかして、医者に行ったほうがいいのかな？）

だが、悩んでいるうちにも、スズメが腕に飛び移ってきたため、「ああ、はいはい」と言って、ユウリはそのままベッドを降りた。

その反動で、スズメが頭の上に飛び移る。

パジャマ姿でテーブルの上に用意しておいたクラッカーを砕き、お皿の上に載せてやると、すぐに、ユウリの頭の上からお皿の上に飛び移ったスズメが、クラッカーをついばみ始めた。

その様子を、しばらくぼんやりと眺めていたユウリは、ふと我に返ったように柱時計を見あげ、「あ、まずい」と呟くと、無意識に左腕をさすりながらバスルームへと姿を消す。

誰もいなくなった部屋には、テーブルの上でエサをついばむスズメがいて、なぜかその足下に、数枚の真っ白い羽根が落ちているのだが、そのあと、慌てて部屋を出ていったユウリが、その羽根に気づくことはなかった。

第四章　月と太陽の巡航

1

　午前中の授業を終えたユウリは、今朝見た夢のことを考えながら、キャンパス内を歩いていた。

　夢の中では、誰かが話していた。

　人語をしゃべっていたが、彼らは、自称「天使見習い」のレピシエルを捜していたようなので、人というよりは、やはり天使仲間だったと考えたほうがいいのだろう。

　しかも、話の内容からして、どうやら、レピシエルは、あれ以来迷子になっているらしい。

（……大丈夫なのかな？）

　すっかり忘れていたのに、ユウリは、夢のせいで、自称「天使見習い」の消息がとても気になるようになってしまった。

あの時、彼を置いて大学に行ってしまったのは、間違いだったのか。

でも、笑顔で送り出してくれたし、着替えたあとは、さほど困っている様子は見受けられなかったので、てっきり下界の見学か、誰かのお使いかと思ったのだ。

だが、その考えは、ちょっと甘かったのかもしれない。

(どこかで問題でも起こしていたら、どうしよう……)

そうだとしても、決してユウリのせいではないし、ユウリが気にすべきことでもなかったが、なんとなく、経由地点にいた人間として、進むべき道や正しい方向性を用意してあげられなかったことに、責任を感じてしまう。

(困っているようなら、連絡をくれたらいいのに)

それとも、あのスズメが、なんらかのメッセージなのか。

気づいたら、部屋の中にいたスズメ。

いったい、どこからやってきたのか。

あれはあれで、気になる。

今回、ユウリのまわりでは、大きな騒動が起きるわけではなかったが、代わりに、心配すべきかどうかわからないくらい些細《ささい》な異変が続いている。

(う〜ん)

なんとも悩ましげなユウリであったが、その時、ユウリ以上に悩ましげにしている人間がキャンパスの端のほうにあるベンチに座って頭を抱えているのを見つけ、ユウリは、そっちに意識を向けた。

（あれって……）

その人物が知り合いであることに気づき、思わず名前を呼んでいた。

「オリヴィア」

彼女とは、まださほど親しくなっていない。大教室で行われる美術史の授業が一緒というだけで、ほとんど話したことがないのだ。先日、たまたま話す機会を得て、その時に、初めて名前を知ったくらいである。

そんな関係性であれば、ふだんなら、絶対にユウリのほうからは声をかけたりしないのだが、とても落ち込んだ様子でいるのが、放っておけなかった。

昔から困っている人間を見つけるのが早く、その心の叫びに敏感なユウリならではのことである。

「……フォーダム？」

顔をあげたオリヴィアが、意外そうに呟《つぶや》いた。その胸元には、相変わらず、例のハーキマーダイヤモンドのペンダントが揺れている。太陽を反射し、まさにそこに小さな太陽が出現しているかのような輝きだ。

「やあ」

オリヴィアの座るベンチの前に立ったユウリが、心配そうに尋ねる。

「大丈夫?」

「私?」

「うん。なんか、様子がおかしいみたいだから」

そこで、返す言葉を失《な》くしたらしいオリヴィアが、小さく息を呑《の》んでから、その息をそっと吐き出した。

「たしかに」

オリヴィアが認める。

「私、すごく落ち込んでいるの」

「そうなんだ?」

煙《けぶ》るような漆黒《しっこく》の瞳《ひとみ》を翳《かげ》らせたユウリが、訊《き》き返《かえ》す。

「僕でよければ、話を聞くよ?」

「……そうね」

オリヴィアが少し悩んでから、「まあ」と続けた。

「聞いてもらったところで、なんの解決にも至らないんだけど、でも、たしかに多少は私の気が晴れるかもしれない」

そこで、ベンチに置いてあった荷物を取り上げて座る場所を作った彼女は、リュックを背負ったまま浅く腰かけたユウリに向かい、「実は」と話し出す。

「週末、うちに泥棒が入って」

「え⁉」

のっけから物騒な話を聞かされ、ユウリが驚く。

「嘘《うそ》。ご家族とか、無事だったの？」

「幸い、私も両親も、それぞれ用があっていない時だったから、なんとかケガなどもなくすんだんだけど」

「それは、よかったね。不幸中の幸いというか」

ユウリの心からの言葉に、オリヴィアも少し緊張を和らげて応じる。

「本当に、その点は、神に感謝よ」

「うん」

「でも、家の中はすごく荒らされていて、宝石もいくつか盗《と》られたの。私が、アクセサリーに仕立てるために月光浴させていたパワーストーン類も、ほとんど盗られたか、でなければ、床に叩《たた》きつけて壊されていて――」

そこで一瞬言葉につまったオリヴィアが「何が」と悔しそうに続けた。

「つらいって、粉々になった石を見るのが、本当に悲しいの」

疲れ切ったように前かがみになって自分の膝《ひざ》の上で頬杖《ほおづえ》をついたオリヴィアに、ユウリが優しく同調する。

「かわいそうに。君、とても石を大切にして心を寄せていたから、石と一緒に心も壊されてしまったように感じるんじゃないかな」

とたん、ハッとしたように顔をあげたオリヴィアが勢い込んで「そうなの！」と言ったあと、目を丸くしてユウリを見つめる。

「嘘みたい。石に対する私の気持ちなんて、誰も——家族ですらわかってくれなかったのに……」

どこか感動した様子で告げ、「もちろん」と付け足した。

「家族が言いたいこともわかるわよ。石なんてまた買えばいいことで、誰もケガをしなかっただけでラッキーだったと、私だって思っている。——でも、そうは言いつつ、家族の安否と同じくらい、私にとっては石も大切で、とてもではないけど、『また買えばいい』とは思えない。だって、砕けた石は、他の石では代用できない、唯一無二のものだから」

「そうだね」

「それを、誰が、なんのつもりで、あんなひどいことをしたのか。見つけたら、石と同じ目に合わせてやりたいくらいだわ」

「わかるよ」

応じたユウリが、「本当に」と肯定する。

「ひどいことをする」

「そうよね。いらないならいらないで、そのままにしておいてくれたらいいじゃない。少なくとも、壊す必要はないわよね」

「うん」

頷《うなず》くが、ユウリはそこで考える。

（あるいは、壊す必要があったのか……）

もしそうなら、その理由はなんだろう。

一つには、石の強度を見たことが考えられる。

「だけど、そもそも」

オリヴィアが、訳がわからないというように言う。

「いったい、何が目的で、泥棒になんて入ったのかしら。――お父さんが言うには、引き出しにあった現金にはいっさい手をつけていなかったそうで、なくなったのは、月光浴をさせていた私の部屋のハーキマーダイヤモンドと、両親の部屋にあった古いイエローダイヤモンドくらいなんですって」

「ハーキマーダイヤモンド？」

「ええ。イエローダイヤモンドならともかく、ハーキマーダイヤモンドなんて、わざわざ人の家に押し入ってまで盗るようなものでもないから、刑事さんも首を傾《かし》げていたわ」

そこで、一度言葉を止めたオリヴィアが、すぐに続ける。

「変な話、家には、もっとお金になりそうな美術品や工芸品も置いてあったのよ」

「だろうね」

「担当した刑事の話では、侵入した手口はプロっぽいけど、荒らし方はどこか素人《しろうと》くさくて、盗んでいったものも素人的な要素があって、よくわからないって。――ただ、もしかしたら、ある明確な目的があった可能性もなくはないそうで、なんか、私、ちょっと怖いのよ」

「ある明確な目的……」

真剣な表情でつぶやいたユウリの横で、ベンチに座ったまま首を横に振ったオリヴィアが、「仮に」と言う。

「誰かわからないその人たちの目的が明確にあったとして、それが達成されていなかった場合、今度は、私たちの命が狙《ねら》われるんじゃないかって――」

たしかに、そうである。

ただの泥棒なら、このあと、彼らにつけ狙われるような危険な事態には陥らない。

だが、彼女の言うように、明らかな目的があるとしたら、どうだろう。

「だけど、オリヴィア」

　否定的な考えを消し去ろうとユウリは一所懸命に話しかけるが、動揺している彼女は、話を聞く前に「だって、そうでしょう？」と続けた。

「いったい、その人たちは、なぜ、うちなんかに押し入ったの？」

「わからないけど」

「目的は、なに？」

　オリヴィアをなだめようとしていたユウリであったが、その時、ふと頭によぎったことがあり、そっと尋ねる。

「そういえば、オリヴィア、君、泥棒に入られた時は出かけていたと言っていたよね？」

「ええ、そうよ」

　認めたオリヴィアが、「だから」と付け足す。

「ケガをせずにすんだの」

「その時、そのペンダントをしていた？」

「──え？」

　意表をつかれたように目を見開いたオリヴィアが、確認のためにペンダントに触る。

「これ？」

「そう」

少し考え、オリヴィアは認めた。

「ええ。たしかにしていた。ここ最近は、肌身離さずつけているから」

ということは、当日、それは家になかったことになる。

ユウリの中で、何かが引っかかっている。

（ハーキマーダイヤモンド……）

考え込むユウリに、オリヴィアが「でも、言われてみれば」と告げた。

「先日、貴方《あなた》と初めて話したあと、お昼を食べるために寄ったカフェで、変な人に声をかけられたの」

「変な人？」

「ええ」

その時のことを思い返すように、彼女はちょっと斜め上を見る。

「私、窓際のカウンターに座っていたんだけど、道を歩いていた人が、急に私のほうに寄ってきて何か言い始めて、ガラス越しでは伝わらないとわかったら、店に入ってきてまで、私に、このペンダントを売ってくれって言ったのよ」

「売ってくれ……？」

「そう。それがちょっと怖い感じで、私、断ったんだけど」

「それで、諦《あきら》めてくれたんだ？」

「そうなんだけど、そのあとにも――」

オリヴィアが話を続けようとした時だ。

彼らが座るベンチの脇に、スッと人影が立った。

ドキッとして周囲に目をやった時には、すでに、二人のいる場所は、数人の怪しげな男たちに囲まれてしまっていた。

全員、黒いニットの覆面を被《かぶ》っていて、顔は見えない。

「ヤダ、ちょっと、なんなの？」

怯《おび》えるオリヴィアを背後に庇《かば》うように立ちあがったユウリが、誰何《すいか》する。

「――どなたですか？」

「そんなことは、どうでもいい」

正面に立つ男が、マスクの下からくぐもった声で言った。

「用があるのは、その女だけだ。ケガをしたくなかったら、この場から立ち去れ」

「――フォーダム」

オリヴィアが、助けを求めるようにユウリを呼ぶ。相手の言葉を受け入れて、ユウリがいなくなってしまったら困ると思ったのだろう。

「大丈夫だよ」

安心させるようにオリヴィアに対して応じたユウリが、不審者たちのほうに向きなおり、「悪いんですけど」と、あくまでも丁寧《ていねい》に言い返す。

「友人を置き去りにはできません」

「ケガをしてもいいのか？」

「もちろん、嫌です」

「だったら、素直に言うことを聞け」

「それも、嫌です。彼女と一緒でなければ、ここを立ち去る気はありません」

はっきりと言ったユウリが、「そちらの」と尋ねる。

「目的はなんですか？」

だが、相手は答えず、非情な声で告げた。

「だったら、覚悟することだ」

次の瞬間。

男は、ユウリの腕を摑《つか》んで腹に蹴《け》りを入れた。

「フォーダム！」

悲鳴に近い声をあげたオリヴィアが、スマートフォンを翳《かざ》して叫ぶ。

「やめて！　警察に電話するわよ！」

すると、スマートフォンを横から蹴り上げた男が、彼女の首を摑んでペンダントに手をかけた。

「よこせ」

「嫌、なにするの？」

　気づいたユウリが彼女を助けようとするが、背後から羽交い締めにされ、あげくに首をグッと絞められる。

「──く」

　息がつまり、声が出せない。

　見た目以上に乱暴な連中であるようだ。

　それでも、ここで負けるわけにはいかず、なんとか反撃しようと必死で周囲を見まわした時だった。

　目の端に、チラッと映った人物がいた。

　背が高く、身ごなしが優雅な青年。

　その上、野性的な敏捷《びんしょう》さがあり、動きが実に軽やかだ。

（──え⁉）

　驚く間もなく、その姿が視界から消え失《う》せ、ほぼ同時に身体《からだ》が楽になった。

　解放されたユウリが、締めつけられて赤くなってしまった喉《のど》を押さえながら、振り返って叫ぶ。

「アンリ──⁉」

2

ユウリが名前を呼んだ時には、アンリはすでに殴り倒した最初の襲撃者から離れ、別の襲撃者の首根っこを摑んでいて、その状態のまま、ユウリのほうへ片腕を突き出して警告した。

「危ないから離れて、ユウリ」

「駄目《だめ》だよ、アンリ、無茶をしないで」

「いや、だから、離れててくれたほうが――」

よっぽど、無茶をせずにすむ。

そう言いかけるうちにも、横から躍《おど》りかかられたアンリは、しばらく揉《も》み合《あ》いになった末に、肘鉄《ひじてつ》を相手の喉元にヒットさせた。アシュレイほどの素早さはないが、アンリも喧《けん》嘩《か》慣れしているようで、人数の多い相手を着実に仕留めていく。

しかも、アシュレイの時と違い、拳《こぶし》に重さがあって、やけに生々しい。

警告に従い、一度離れかけたユウリであったが、近くで悲鳴をあげたオリヴィアに気づき、そちらに走り寄る。それから、彼女の上にのしかかっている男の背中を蹴りあげ、つんのめるようにして体勢を崩した相手を後ろから摑んで引きはがす。

「──フォーダム、危ない」

自由になったオリヴィアが思わず叫んだのは、苦戦するユウリの背後から飛びかかろうとした男がいたからだが、その声で振り返ったアンリが、取り組んでいた相手に膝蹴りを食らわして倒してしまうと、スライディングの要領で、ユウリに躍りかかろうとしていた男の足に自分の足を絡めて引き倒した。

自分もケガを負う危険はあったが、背に腹は代えられない。

その後、瞬時に体勢を立て直し、反撃に備えたアンリのそばでは、ユウリとオリヴィアが協力して一人の男を倒そうとしていた。

と、そこへ。

遠くから警察車両のサイレン音が響いてきたため、襲撃者たちは、「ヒュ」と口笛で合図をかわすと一目散に逃げ去った。

助かったのだ。

しかも、こちらに向かっていた警察車両は、実は違う件での出動だったようで、近くをかすめたと思ったら、すぐにまた遠ざかっていった。

どうやら、滅多にないような幸運に恵まれたらしい。

安全を確認したユウリが、アンリに駆け寄って尋ねる。

「アンリ、ケガはない？」

「僕は平気」

服についた泥を軽く手で払ったアンリが、「それより」とユウリの喉元に手を伸ばして言う。

「ユウリこそ、こんな痣《あざ》ができて」

「大丈夫だよ。これくらい、なんでもない。――でも、本当に、アンリが来てくれて助かった。オリヴィアだって」

言いかけたユウリが、ハッとして振り返る。

アンリのことで頭が一杯過ぎて、オリヴィアをすっかりほったらかしにしていたことを思い出したからだ。

彼女は、最初に座っていたベンチに腰かけ、魂が抜けた人のように呆然《ぼうぜん》と一点を見つめていた。

いろいろあって、緊張の糸が切れたのだろう。

近づいたユウリが、尋ねる。

「……大丈夫かい、オリヴィア」

オリヴィアが、視線をあげてユウリを見る。

「――ええ。おかげさまで、ケガはしてない」

「よかった」

「でも、正直、本当に大丈夫かと言ったら、あまり大丈夫じゃないかも」

「だろうね」

ユウリが認める。

彼女が大丈夫でないのは、その表情からして明らかだ。

「だって、そうでしょう。家に押し入られたあげくに、こんなところで襲われて、私にはもう、どこにも安心できる場所なんてないんだわ」

苦しそうに言った彼女が、ギュッとペンダントを握りしめ、「私」と自問する。

「これから、どうしたらいいの?」

それに対し、痛ましげに彼女を見おろしていたユウリが、彼女が握りしめているペンダントを見て「もしかしたら」と言いにくそうに告げた。

「そのハーキマーダイヤモンドは、手放したほうがいいかもしれない」

「え?」

顔をあげたオリヴィアが、みるみる眉間《みけん》にしわを寄せ、疑わしげに問い返した。

「なに、フォーダム。貴方まで、私からこれを取り上げようって魂胆なわけ⁉」

「まさか!」

当然、ユウリは否定する。

そんなつもりは毛頭ないし、本来なら、オリヴィアだって、そんなひねくれた疑いは持たないはずだが、立て続けにおかしなことが起きたせいで、少し神経が過敏になっているらしい。

　ユウリが、相手の怒りを意識しつつ、なだめるように「もちろん」と続けた。

「僕が買うとか、まして奪うとか、そういうことではなく、君のためにも、手放すべきではないかと思っただけなんだ」

　言葉どおり、ユウリは真摯《しんし》にオリヴィアのことを心配して言っているのだが、今の彼女には伝わらなかったようだ。

　ガタンと音をたてて立ちあがった彼女は、瞳に怒りの色を浮かべて言い返した。

「冗談じゃないわ‼　嫌よ。絶対に嫌。このハーキマーは渡さない。誰がなんと言おうと、絶対に――」

　宣言し、そのままその場を走り去る。

「オリヴィア、待って――」

　ユウリの呼びかけにも振り向かない。

　遠ざかっていく後ろ姿を見送ったユウリが小さく溜《た》め息《いき》をついていると、後ろから肩をポンと叩いたアンリが、慰めるように言った。

「しかたないよ、ユウリ。あの状態では、なにを言っても耳に入らない」

「わかっている」

言っても無駄なことは、今の会話でよく理解できたが、だからといって、このままでいいとも思えない。ただ、頑なになっている彼女のためになにができるかは、今の段階ではまったくわからなかった。

しばらく、そうしてオリヴィアの消え去ったほうを見ていたユウリが、ややあってアンリを振り仰いで言った。

「それはそうと、アンリ」

「なに？」

「さっきは本当に助かったけど、それでもこれからは、絶対にあんな無茶なことをしないように」

「別に、無茶はしてないけど」

「そんなこと言って、さっきみたいに暴力沙汰なんかに割り込んで、もし、君に何かあったら、僕は自分が許せなくなるし、シモンにも顔向けできなくなる」

それに対し、肩をすくめたアンリが「だけど」と反論する。

「その兄が、僕に、しばらくユウリから目を離すなと言ったんだ」

「――シモンが？」

驚くユウリに、アンリが「もっとも」と付け足した。

「兄に言われるまでもなく、そのつもりでいたけど」

　それから、争った際、落としたサングラスを拾い、それを胸ポケットにさしながら続ける。

「兄から、この週末の話は聞いたよね？」

「アシュレイが現れたことなら、メールで教えてもらった」

　そのメールには、「念のため、用心するように」と書かれていて、とても心配している様子が伝わってきた。

　幸い、今のところユウリのまわりでは、アシュレイの「ア」の字も見かけない。スズメや「天使見習い」がアシュレイの使いでない限り、影も形もない日々だ。

　そのことを、ユウリが教える。

「二人とも、心配してくれるのはありがたいけど、アシュレイは、それほどヒマではないから、用がなければ、僕のところにだってそうそう来ないよ」

「まあね」

　あっさり応じたアンリが、「僕も」と続ける。

「アシュレイを警戒していたつもりが、ユウリときたら、こっちがまったく想像もしていないところで危ない目に遭っているんだから、参るよな」

　そこで降参するように両手を広げ、「本当に」と心情を吐露する。

「兄の心配が尽きないのも、よくわかる」

すると、話の中の狼《おおかみ》ではないが、そのタイミングでユウリの携帯電話が鳴り出し、取り出してみると、発信者のところにシモンの名前があった。

「シモンだ」

「へえ。——虫の知らせかな」

そんなアンリの言葉を聞きながら電話に出たユウリの耳元で、相も変わらず優美な声が響いた。

『やあ、ユウリ』

「シモン。どうしたの？」

『それが、今週末、急にロンドンに行くことになったので、予定の擦り合わせができないかと思って連絡したんだよ』

「そうなんだ。——僕は空いているけど」

『よかった。それなら、一緒にサザビーズに行こう』

「サザビーズ？」

てっきり遊びの誘いかと思いきや、どうやら、別件の用事があるうえでの誘いらしい。

オークション会社の名前を繰り返したユウリに対し、そばにいたアンリがチラッと何か言いたそうな視線をやった。

だが、気づかないユウリが、電話での会話を続ける。

「いいけど、僕が一緒でもいいの？」

『もちろん』

応じたシモンが、そこで若干《じゃっかん》声のトーンを下げ、『というより』と内情を吐露《とろ》する。

『僕が誘わなくても、いずれアシュレイから声がかかるはずだから。――その前に、僕のほうから誘っておこうと思ったんだ』

「……アシュレイねえ」

そこでアンリと視線をかわしたユウリが、「アシュレイは」と告げる。

「このところ、見かけてない」

『それは、いいことだ』

電話の向こうでホッとしたように応じたシモンが、続ける。

『ただ、昨日のうちにアシュレイが渡米したという情報は入って来ているので、今現在、ロンドンにいないことは、わかっているんだ』

「渡米？」

意外だったユウリに、シモンが『うん』と頷く。

『相変わらず精力的というか、まあ、向こうで調べたいことがあるんだろうけど、あの人のことだ、今は影も形もないとはいえ、戻ってきたら、そうはいかないと思うので、引き続き、用心してくれるかい？』

「ああ、うん、わかった」

現状、用心すべき問題は別にあったが、今しがたの襲撃のことはシモンに言う必要ないと判断していたユウリに対し、少し間を置いたあとで、シモンのほうから触れてくる。

『――ユウリ。君、たった今、襲われたんだって？』

「え、なんで？」

知っているのか。

ハッとしたユウリが、一瞬動揺し、それから隣に立つアンリを見る。

シモンが千里眼でない限り、どこからか情報を仕入れたのだろうが、時間的なことを考えたら、情報源はただ一つ。

アンリだ。

それを肯定するように、スマートフォンを手にしていたアンリが、それを振りながら小さく笑う。

やはり、アンリがメールしたのだ。

まったくもって、余計なことを――。

思いながらユウリが、慌てて弁解する。

「違う。襲われたのは僕ではなく、友達で、僕は巻き込まれただけなんだ。――それに、アンリが助けてくれたから、特にケガとかもしていないし」

『でも、痣になるほど、首を絞められたそうじゃないか』

詳細な情報まで渡っていることに、思わず天を仰いだユウリが、アンリを軽く睨《にら》みながら応じる。

「アンリが大げさに書いただけだから、心配しないで」

『無理だよ。ユウリ、すぐ無茶をするから』

「大丈夫。本当に、今回は、たいしたことは起きていない」

『そう。——それなら、いちおう訊くけど、その「たいしたこと」の中に、「天使見習い」が来たことは、当然、入っていないんだろうね？』

「……ああ、えっと」

口止めしたはずが、すでにバレている。

ユウリが、ふたたびアンリを見れば、彼はもうこちらには興味を失ったように自分のタブレット端末を開いて操作していた。

どうやら、人の口に戸は立てられないらしい。

特に、ベルジュ家の兄弟の結束の前では、どんな扉も形なしだ。

返す言葉を失ったユウリに対し、シモンが『なんであれ』と念を押す。

『ユウリ、身の回りには十分気をつけて』

「わかった。——シモンもね」

それから、二人は週末に会う段取りをつけ、短い会話を終わらせた。

3

週末。

ユウリは、午前中の早いうちにロワールから直接ヘリでロンドンまで移動してきたシモンとともに、ニューボンド通り沿いにあるサザビーズへとやってきた。

一七四四年に設立された歴史あるオークションハウスは、店名を白く染め抜いたダークカラーの飾りを店舗のあちこちに取り入れ、店先にはその組み合わせの旗が垂れ下がっている。

全体的にすっきりとした外観には、名家との繋《つな》がりが強い保守的なクリスティーズに対抗し、革新的な戦略を打ち出してきたサザビーズらしさがよく出ているといえよう。

老舗《しにせ》オークションハウスなどというと一般人には敷居《しきい》が高そうだが、下見会《プレヴュー》の展示品は誰でも見られるし、サザビーズにはカフェが併設されているので、午後の決まった時間帯であれば、そこでアフタヌーン・ティーを楽しむこともできた。

人で混《こ》み合《あ》う展示室に入ったユウリは、あたりを見まわしながら、隣に立つシモンに言う。

「なんか、今日は、いつにもまして活気が漲《みなぎ》っている気がしない？」

「ああ、そうかもしれないね」

応じたシモンが、その理由を教えてくれる。

「久しぶりに高額な売り立てになるだろうと、誰もが思っているからだろう」

「そうなんだ」

それは、いったいどんな出物であるのか。

今朝はバタバタしていて、まだ詳しい話を聞けていなかったが、シモンが急遽《きゅうきょ》ロンドンに来ることになった理由は、おそらく、その高額になるだろう売り立てと無関係ではないはずだ。

数週間ぶりに会うシモンは、相も変わらず神々しく、展示品の一つ一つを見ながら悠然と歩く姿などは、ガラスケースの中に収まる、まだ値のついていない美術品や工芸品が実にしっくりくる。

数時間後に開始されるイブニングセール・オークションでは、高騰《こうとう》する値段を左右することになるはずのシモンは、だが、今のところ、そんな緊張など微塵《みじん》も感じさせない優雅さで、言った。

「ああ、あった、これだ」

そのあとで、「……へえ、これか」とどこか残念そうに呟きつつ、いちばん奥まった場所にあるガラスケースの前で止まったシモンに合わせ、一緒に立ち止まったユウリが、そこに飾られている宝石を見て尋ねる。

「……ダイヤモンド？」

たしかに、周辺にはヴィクトリア朝やフランスのアールデコ調、あるいはルイ十四世時代のものと思われるようなアクセサリーや嗅《か》ぎ煙草《たばこ》入れなどが数多く並んでいるので、今回のオークションがそれらの宝飾品を特集したものであるのはわかっていたが、宝石をあしらった写本やイースターエッグなどの工芸品ならまだしも、シモンがアクセサリーや宝石類に興味を示すとは思いにくい。

「え、シモン。また、ダイヤモンドを買うの？」

他人の家のことであれば、ユウリがとやかく言うようなことでもなかったが、あれほど美しいダイヤモンドを一つ所有していれば、家宝としては十分ではないかと、ユウリには思えるのだ。

「またって……」

シモンが苦笑して応じる。

「わかっていると思うけど、どちらも、別に僕が買ったわけではないし、買おうとしているわけでもないよ。――これは、あくまでも、ベルジュ家の意向なんだ」

「ああ、そうか」

それはそうだろう。

さすがに、何十億とする宝石を、まだ二十歳にも満たないシモンが独断で購入するわけがない。

あくまでも、ベルジュ家が購入する。

「それに」と、シモンが続けた。

「たしかに、『ベルジュ・ブルー』が、ベルジュ家を象徴する宝石であるのは間違いないけど、この史上稀《まれ》に見るまばゆいイエローダイヤ、その黄みがかった色合いがあまりにも白金に近いため、特別に『ホワイトゴールド』と形容されることもあり、まるで太陽の光を集めたようだということから『太陽の雫《サンドロップ》』の呼称を得たこれはこれで、うちとは浅からぬ因縁を持つものなんだ」

「……因縁？」

不思議そうに呟きながら、ユウリはガラスケースの中を覗《のぞ》き込《こ》む。

そこには、藍色《あいいろ》の天鵞絨《ビロード》の上で輝く、透明度の高いダブルローズカットの美しいイエローダイヤモンドがあるが、シモンが言うような「太陽の光を集めた」というほどのまばゆさは感じられなかったし、説明したシモン自身、その口調に懐疑的な色があるようだった。

（むしろ、それでいえば……）

ユウリが、最近目にしたまばゆい石のことを思っていると、ふいに背後で声がした。

「因縁というより、お貴族サマにとっては、敗北の歴史だろう」

傲岸不遜《ごうがんふそん》が板についたようなもの言い。

嫌になるほど聞き覚えのある声に、ユウリとシモンが同時に振り返ると、そこに、いつの間に湧《わ》いて出たのか、漆黒に包まれたアシュレイの姿があった。本日も、傍若無人《ぼうじゃくぶじん》で高飛車《たかびしゃ》な、それでいて不思議と人を惹《ひ》きつけてやまない蠱惑《こわく》的な様子である。

「アシュレイ⁉」

驚くユウリに続き、頭痛でもするように額に手を当てたシモンが、鬱陶《うっとう》しそうに訊き返す。

「アシュレイ、アメリカにいらしていたのではなかったのですか?」

「そうだが、よく知っているな。――ストーカーか?」

「いいえ。むしろ、逆ですよ」

「逆?」

「ええ。貴方が、またぞろユウリにつきまとわないかどうか、チェックしていたんです」

淡々とやり返したシモンが、「で?」と尋ねる。

「何しに、ここへ?」

「もちろん、話題のオークションを見物に来たんだ」

「参加ではなく?」

シモンの確認に、アシュレイが青灰色の瞳を妖《あや》しく細めて応じた。

「そんな必要がどこにある?」

「ないんですか?」

「ないね」

はっきり断言したアシュレイが、「俺の知りたいことは」と続ける。

「百年前の雪辱を果たし、お前が見事『太陽の雫《サンドロップ》』を手にした暁に、その一部をもらうことで果たせる」

「……一部をもらう?」

当然、シモンが眉間にしわを寄せて不可解そうな顔をする。

「どういう意味です?」

「そのままの意味だ。一部をもらう」

「つまり、せっかく大枚をはたいて手に入れた『太陽の雫《サンドロップ》』を、わざわざ削って、一部を貴方に献上せよと?」

「ああ。さっきからずっとそう言っているつもりだが、理解が遅いな」

それはそうである。

あまりに常識外れで、論外だからだ。

シモンの表情からその思いを察したアシュレイが、からかうように口元を歪《ゆが》めて続ける。

「おそらく、ありえない話と思っているんだろうが、これは、お前にとっても重要な意味を持つことであれば、絶対に断らないさ」

「──重要な意味？」

まさに、「ありえない」と思っているシモンであったが、アシュレイがこの手の駆け引きを持ちかけてくる時は、必ずと言っていいほどそうなる。逆に、それだけの確信がなければ、こんな話はしてこないはずだ。

彼は、おそらくシモンの知らない情報を握っている。

それは、何か──。

シモンがチラッと、「太陽の雫《サンドロップ》」に視線をやる。

最初にこれを見た瞬間に抱いた不信感が、ここにきてシモンの上に重くのしかかってきた。

（これは、本当に、伝説の「太陽の雫《サンドロップ》」なのか──？）

それにしては、あまりにも色が黄色いように、シモンには思える。様々な資料にある描写から、てっきり「金」に近い色を思い浮かべていたシモンにとって、これは、質の高い「イエローダイヤモンド」に過ぎない。

迷いの生じたシモンの前で、アシュレイが「だが、まあ」と二人の間で不安そうにしているユウリに視線をやって言った。

「まずは、『チンプンカンプン丸出し』といった顔をしたこいつに、お前の言う『因縁』の話をしてやるんだな。──ちなみに、余談だが」

ついでとばかりに、ユウリの首元に手を伸ばして続ける。

「その痣は、危険なプレイに目覚めた証拠とか言わないだろうな?」

あらぬ疑いをかけられたユウリが、慌てて首の痣を上から押さえて言い返す。

「違います。──まあ、いろいろあったんです」

「いろいろねぇ」

そんなやり取りの間も、アシュレイの思惑について考えを巡らせていたシモンであったが、指摘されたとおり、このままユウリを蚊帳《かや》の外に置いておくわけにもいかないと思い、改めて、ユウリに対して説明し始める。

「ごめん、ユウリ。誰かさんのせいですっかり途中になってしまったけど、『太陽の雫《サンドロップ》』に話を戻すと、これは、今からおよそ百年前に、突如、今と同じサザビーズの競りにかけられ、ベルジュ家の先祖がなんとか手に入れようとしたんだけど、アメリカ人のアダム・シェパードという人物に競り負けて、手に入れることができなかったものなんだ」

「──競り負けた?」

意外な事実に、ユウリが驚いて訊き返す。

「ベルジュ家が、競り負けたの？」

「そう。競り負けたんだ」

もちろん、オークションの常連であるベルジュ家であれば、目的の品を諦めることも多々あるだろう。

むしろ、芸術の擁護者《ようごしゃ》として知られるベルジュ家は、その審美眼の高さでも知られ、手に入れたいと思った芸術品でも、その価値をあまりに上回る値がついたら、あっさり身を引く、いわゆる「引き際」というものを心得ていた。

そのスマートさがなければ、いつかは身を持ち崩してしまうからだ。

それでも、「これだけは、是が非でも」と決めてかかったものであれば、天井《てんじょう》知らずの競りになっても引くことはない。

現在、ヨーロッパには、中東のオイルマネーや中国資本、アメリカやアジア諸国のベンチャー業界に対抗しうる資本力を持つ企業体は、ベルジュ・グループを含め、数えるほどしかない。その中でもトップの資本力を誇るベルジュ家であれば、本気になれば負けることはないだろう。

そんな強気のベルジュ家しか知らないユウリであれば、「引いた」わけではなく、「競り負けた」ということが信じられないのだ。

「ベルジュ家でも、そんなことがあるんだ？」

「そうだね」

若干悔しそうに認めたシモンが、「当時、フランスは」と続ける。

「束《つか》の間《ま》の享楽の時代を迎えていたけれど、革命後の混乱とそれに続くドイツとの普仏《ふふつ》戦争で政治不安が長く尾を引いたこともあり、先行きは不透明だった。そんな中、英国に拠点を移していたベルジュ家は、まだしばらく隣国で様子を見ている状態で、しかも、長引く異国の生活で財力も落ちていたため、競売で勝ち抜けるほどの力は、正直、初めからなかったのだろう。競争相手だったアダム・シェパードもそうだろうけど、アメリカやイギリスの商人たちが勢力をどんどん伸ばしつつあった時代で、アシュレイ商会なんかも、この頃にはベルジュ家を凌《しの》ぐ財力をつけていたはずだ」

そこで、ユウリがアシュレイのほうを見ると、彼は否定するでもなく肩をすくめた。

シモンに視線を戻したユウリが、「だけど」と訊く。

「それならそれで、オークションに参加する必要はなかったんじゃなく？」

資本力が落ちていたなら、宝石などに手を出している場合ではない。

当然の発想であったが、そこにも事情があるらしい。

「ユウリの言うとおりなんだけど」

言いかけたシモンの横から、アシュレイが茶々を入れる。

「盗られたものは取り返さないと、お貴族サマの面子《メンツ》が立たないからな」

「――盗られた？」

ユウリが繰り返し、真相をシモンに確認する。

「そうなんだ？」

「まあ、単純に言ったらそうだよ」

ユウリに答えたあと、水色の瞳でアシュレイを見て問いかける。

「もしかして、それも調べたんですか？」

「当然」

アシュレイが応じ、「そいつの」とガラスケースの中のダイヤモンドを顎《あご》で示して言う。

「素性《すじょう》を知りたければ、イヤでもそこに辿《たど》り着《つ》く」

「……なるほど」

ここに至り、少しずつだが、アシュレイの意図を察し始めたシモンではあるが、ひとまず、ユウリへの説明を続ける。

「最初に言っておくと、盗まれたと言っても、この『太陽の雫《サンドロップ》』がベルジュ家のものであったとなんら証明されているわけではないんだ」

「へえ」

「ただ、およそ百年前、これが、現在と同じダブルローズカットの状態で彗星《すいせい》のごとく突如としてサザビーズの競売に現れた際、一つの噂《うわさ》が立ったのも事実なんだよ」

「噂って、どんな？」

興味を惹かれたユウリに、シモンが答える。

「ユウリも、有名な『ホープダイヤ』のことは知っていると思うけど、あれがロンドンのクリスティーズに現れた時には、その色合いといい大きさといい、これこそが、かつてフランスに存在した『フレンチブルー』の一部だと騒がれ、それは、現在の技術でほぼ証明されたように、この『太陽の雫《サンドロップ》』にも前身があると噂され、それが、他でもない、かつてベルジュ家が所有していた『光の洪水《ファヤダーン ヌール》』という、イエローダイヤモンドの原石なんだ」

「『ファヤダーン　ヌール』？」

その言いにくい名前をユウリが繰り返していると、シモンが教えてくれる。

「『光の洪水』という意味があり、まさに、原石の状態であるにもかかわらず、その内包する輝きが太陽の光を集めたような白金色をしていたことからつけられた名前なんだと思う」

「ふうん。それなら、『ホワイトゴールド』という色の表現は、その『光の洪水《ファヤダーン ヌール》』にも当てはまる感じだね」

ユウリの言葉に、シモンが頷く。

「そのとおりだし、実際、カラーストーンの色彩にはない『ホワイトゴールド』という表現が最初に用いられたのも、文献上では『光の洪水《ファヤダーン ヌール》』が最初なんだ。だからこそ、はいかなかった」

『太陽の雫《サンドロップ》』が現れた時に、そんな噂が立ったわけだし、ベルジュ家も放っておくわけに

「でも、それなら、そもそも、その『光の洪水《ファヤダーン ヌール》』は、なぜベルジュ家のもとを離れてしまったわけ？　――さっき、アシュレイは盗まれたと言っていたけど」

チラッとアシュレイに視線をやったユウリが訊くと、シモンが「うん」と受けて説明を続けた。

「まず、『光の洪水《ファヤダーン ヌール》』は、十七世紀にインドを旅したベルジュ家の先祖が手に入れたもので、実は、『星の時空』という宝飾時計は、その後、『光の洪水《ファヤダーン ヌール》』の収まるべき場所として考案された天球盤が元になっているんだ」

「天球盤……？」

その一瞬、ユウリの脳裏に浮かんだ光景があり、それがベルジュ家の工芸品と交錯し「そうか」と二つの結論に達する。

（あの夢は、シモンから送られてきた展覧会のチラシを目にしたせいで、想像力が刺激されて見たのかもしれない）

思う間も、シモンの話は続いた。

「それについては、今回、僕が展覧会の資料を作成するにあたり、城の書庫を引《ひ》っ掻《か》き回《まわ》して調べて明らかになったのだけど、どうやら、『光の洪水《ファヤダーン ヌール》』は百年以上原石のままで

あったのち、うちの先祖の一人が、ある時『光の洪水《ファヤダーンヌール》』を枕元《まくらもと》に置いて寝たところ、夢で天使たちが天球盤で遊んでいる姿を見たらしく、目覚めた彼は、なんとしてでもそれと同じものを作ろうと、すぐさまデザイン画に起こし、当時はまだ異端とされていた太陽を中心としたあの『星の時空』という天球盤が作られることになった」

そこで、ユウリは考える。

(――あれ、そうか)

それで言ったら、先に天界の天球盤があり、「星の時空」は、それを模して作られたことになる。となると、ユウリが夢で見たものは、実は、実際に天界に存在するということになりはしないか。

そんなユウリの考えをよそに、シモンが続ける。

「そして、その中心には、輝ける太陽として当然『光の洪水《ファヤダーンヌール》』が取りつけられるはずだったのだけれど、制作を依頼した細工師に預けている間に革命が勃発《ぼっぱつ》してしまい、『光の洪水《ファヤダーンヌール》』は、混乱の中で行方不明になってしまった」

「ああ、革命か……」

フランス革命では、貴族や富裕層が所有していた多くの美術品が失われ、そのほとんどが国外に流失したと聞く。その恩恵をもっとも受けたのが、当時、オークションハウスのあったイギリスで、国土を蹂躙《じゅうりん》されずにすんだイギリスには、その後も多くの芸術品が残り、個人宅や美術館に飾られることとなる。

　ユウリが、「それが」と確認する。

「時を経て、約百年前、これと同じダブルローズカットを施された六十八カラットのイエローダイヤモンドとして、サザビーズに現れたんだね？」

「そう」

　認めたシモンが、言う。

「もちろん、さっきも言ったように『太陽の雫《サンドロップ》』として新たに出現したそれが、ベルジュ家の所有していた『光の洪水《ファヤダーン ヌール》』と同じ石だという証拠はどこにもなく、所有権が主張できなかった代わりに、ベルジュ家は、それこそ、面子《メンツ》にかけ、なんとしても『太陽の雫《サンドロップ》』を手に入れようとした」

「なるほどね」

　だが、残念ながら、アメリカ人のアダム・シェパードに競り負け、「太陽の石《サンドロップ》」は永遠にベルジュ家の手を離れてしまったように思われた。

「それが、今回、オークションに出されたんだ？」

「いや」

　そこでシモンが否定し、「ことはもっと複雑で」と教える。

「アダム・シェパードなる人物は、それを落札したあと、アメリカに輸送するためにある船に載せたんだよ」

「ある船？」

「タイタニック号だ」

「——え？」

驚いたユウリが、訊き返す。

「本当に、タイタニック号に載せたの？」

「うん」

「それなら」

「そう」

シモンが、周知の事実をあえて口にする。

「船の沈没とともに、『太陽の雫《サンドロップ》』も海底に沈んでしまった」

ユウリが一瞬息を呑み、感慨を込めて呟く。

「——嘘みたい」

「そうなんだけど、嘘みたいなのはここからで、どうやら、今回、あの海域で学術調査目的で探査を行っていたサルベージ会社が、偶然、引きあげた海底物の中からこのダイヤモンドを見つけ、ふたたび日の目を見ることになったというのが現状だ」

「へえ」

それは、たしかに「因縁」といえそうだ。

ユウリが、改めてガラスケースの中のダイヤモンドを見つめる。

長い年月、海の底に沈んでいた宝石が、ここに来て息を吹き返し、同時に、止まっていたさまざまな時間が流れ出したのだ。

もちろん、ベルジュ家も例外ではない。

「だから」とユウリが、しみじみ言う。

「シモンたちは、今度こそ、このダイヤモンドを手に入れようとしているんだね？」

「そうだけど」

応じたシモンが、「ただ」と続ける。

「これが、本当に『太陽の雫《サンドロップ》』であるかは保証の限りではないし、ましてや、『光の洪水《ファヤダーンヌール》』であるかどうかは、手に入れたところで永遠にわからないわけだ。もちろん、サザビーズが出した調査結果に不備はなかったし、これと一緒に見つかった宝箱風の箱が、アダム・シェパードが当時船に積載したものの描写と一致していることも確認されている。さらに、宝石のコンディショニングレポートを見る限り、純度の高いイエローダイヤモンドであることは間違いないため、ベルジュ家は、『太陽の雫《サンドロップ》』であると信じることにして、これを手に入れ、当初の予定どおり、『星の時空』の太陽の位置にはめ込むことに決めたんだ」

だからこそ、今夕に開かれるオークションは、まさしく「天井知らず」になる。

ユウリなどは、考えただけでドキドキして鳥肌が立ってしまうのに、シモンは、そんなことはどうでもいいというように、アシュレイのほうへ向き直り、「それで」といささかつっけんどんな口調で尋ねた。

「アシュレイ、貴方が先ほど言っていた『重要な意味』というのは、なんなんです？」

「知りたいか？」

「当然でしょう。ことと次第によっては、うちは、このダイヤから手を引く可能性だってあるわけです」

アシュレイが、フッと笑って応じる。

「お前にしちゃ、随分と弱気だな。――だが、悪いが、是が非でも手に入れてもらう必要がある。でないと、できるものもできなくなるぞ」

「できるものもできなくなる？」

繰り返したシモンが、訊き返す。

「なんのことですか？」

「実験だよ」

答えたあと、「それが」とガラスケースの中のイエローダイヤモンドを顎で指して続けた。

「『光の洪水《ファヤダーンヌール》』ではないと証明するための、な」

「……『光の洪水《ファヤダーンヌール》』ではない？」

　意外な真実を突きつけられ、さすがに驚いたシモンが、訊く。

「待ってください。なぜ、これが『光の洪水《ファヤダーンヌール》』でないとわかるんです？」

　それに対し、両手を開いたアシュレイが説明する。

「それが、『純度の高いイエローダイヤモンド』だからだ」

　それから、意味がわからずに眉《まゆ》をひそめたシモンを見返し、「実は、俺も」とアシュレイが続けた。

「コンディショニングレポートを見るまでは、両者は同じものだと思っていた」

「それなら、なぜ……」

　言いかけたシモンを片手で遮り、「だが」とアシュレイは言う。

「今も言ったとおり、それが、『純度の高いイエローダイヤモンド』である限り、『光の洪水《ファヤダーンヌール》』とは、別物であるとしか言えない。事実、お前だって、この色味を見て少し懐疑的になっているはずだ。なんといっても、伝説の『光の洪水《ファヤダーンヌール》』や、そのなれの果てと言われている問題の『太陽の雫《サンドロップ》』は、色合いが白金に近いというので、同じイエローダイヤモンドでも、特別に『ホワイトゴールド』と形容されるくらいだったが、目の前にあるこれは、どう見ても質のいい、ただのイエローダイヤでしかない。だから、これが、本当にかつてのダイヤモンドと同じであるか、そこのところをはっきりさせるためにも、そいつの欠片《かけら》が入り用になるわけだ。――おそらく、宝石を傷つけないためにも、サザビーズは、これの成分分析まではしていないだろうからな」

「……成分分析？」

シモンが、考え込みながら尋ねた。

「だけど、そんなことをしたところで、かつて存在した『光の洪水《ファヤダーンヌール》』の組織構造がわからない限り、意味が……」

そこまで言ったところで、シモンがハッとしたようにアシュレイを見る。

「まさか、アシュレイ――」

シモンの視線を楽しそうに受け止めたアシュレイが、「そう」と認め、ゆっくりと語り出す。

「ことの発端は、『光の洪水《ファヤダーンヌール》』をベルジュ家から預かった細工師だ。当時、パリに住んでいた彼は、革命勃発後、仕事を求めてヨーロッパ各地を転々とする。――なんといっても、宝石細工の仕事など、民衆が政権を握っているような国ではあるわけがないからな。そこで、王族や貴族がゴロゴロしているオーストリア、ヴァチカン、ザクセンと移り住んだあげく、彼が安住の地として選んだのが、海を渡ったイギリス、ロンドンだった」

シモンが、合点したように「そうか」と呟く。

『光の洪水《ファヤダーンヌール》』を預かった細工師の追跡調査ができたんですね？」

「ああ。幸い、イギリスに渡った彼が得意客とした一人が、アシュレイ商会の顧客でもあったことで縁ができ、彼の先祖はうちの先祖と親交を深めていった。――だが、そいつが『光の洪水《ファヤダーンヌール》』を一時預かっていたとわかったのは、わりと最近で、うちの先祖がそいつから受け取った手紙の中で、そのことに触れられていたことで判明した。それと一緒に、研磨の際に出た破片の一つを、彼が所持していたこともわかってね」

「――え？」

シモンが、今度こそ本気で驚いて繰り返す。

「『光の洪水《ファヤダーンヌール》』の破片が、残っていたんですか？」

「ああ」

「どこにあったんです？」

「当然、ロンドンだ」

あっさり応じたアシュレイが、「彼の子孫は」と続ける。

「代々細工師を続けていたが、前世紀に天然石の加工会社を営んでいた最後の職人が亡くなったあとは、みんなまったく違う職に就いていた。それで、当時、工房で使われていたものはすべて、ロンドンの貸し倉庫の一つに詰め込まれてしまったんだが、それを、今回、一世代置いてアメリカに移住した子孫が相続し、貸し倉庫ごと、オークションにかけた」

いつもながら、ものすごい事実を得々と話すアシュレイが、「俺は」と予想される結論を口にする。

「それを競り落とし、ついに手に入れたってわけだ」

「『光の洪水《ファヤダーンヌール》』の破片を、ですね？」

「そう。それでもって、その一部を、俺の私的研究室で高精度の質量分析器にかけたところ、驚くべき事実が判明したよ」

アシュレイが話している途中、ユウリはふと、彼らから少し離れた背の高い展示ケースのそばに、二人の人物が立っているのに気づいた。

同時に、違和感を覚える。

（……あんな人たち、いたっけ？）

展示ケースの陰になっていて、その姿を明確に捉《とら》えることはできなかったが、そこには何かユウリの心に引っかかるものがあった。彼らがいることで、どことなく、空間の比重が変わったような気がするせいかもしれない。

（なんだろう……）

原因がわからないまま、シモンとアシュレイの会話に意識を戻す。

「驚くべき事実？」

「ああ」

そこで、もったいぶった間を置いたアシュレイが、「破片は」と告げる。

「地上のものではなかった」

「——地上のものではない？」

繰り返したシモンとユウリが唖然《あぜん》として顔を見合わせ、すぐにシモンが訊き返す。

「『地上のものではない』とは、どういうことです？」

「だから、その成分には、地球上では絶対にありえない未知の分子が含まれていたということだよ」

「未知の……」

シモンの呟きに対し、アシュレイが断言する。

「『光の洪水《ファヤダーンヌール》』は、ダイヤモンドのようであって、ダイヤモンドではない。——いや、結晶構造はダイヤモンドとほぼ同じだし、炭素でできている点もダイヤモンドといえなくはないわけだが、ただ、わずかに、地球にはない成分が含まれていたことを考えると、地球の内部で結晶化したものではないということだ」

「ということは、宇宙からの飛来物ですか？」

尋ねたシモンが、「つまり」と言い換える。

「隕石《いんせき》ということになるのでしょうけど」

半信半疑なシモンに対し、アシュレイもあっさり否定した。

「あの透明度で、隕石ということはないだろう。――まあ、ありうるとしたら、モルダバイトやリビアガラスのように隕石の衝突で一気に熱せられてできた物質ということだが、俺なら、そんな杓子定規《しゃくしじょうぎ》な規定の仕方はしないな」

アシュレイらしい、高飛車《たかびしゃ》ともいえる主張の仕方に対し、シモンが半ば呆れながら尋ねる。

「それなら、なんだと言う気です？」

「天来の石」

「天来の石？」

繰り返したシモンの横で、ユウリも、吟味するように呟いた。

「……天来の石」

アシュレイが、隕石との違いを強調する。

「つまり、宇宙からの飛来物がどうのなんてありきたりなものではなく、天界からもたらされた神由来の石ということだが、そうなってくると、今度は『アダム・シェパード』と名乗る男のことが俄然《がぜん》、気になってくるわけだ」

「百年前に『太陽の雫《サンドロップ》』を落札した？」

「そう」

頷いたアシュレイが、「お前も知っていると思うが」と前置きして告げる。

「かねてより、タイタニック号とともに沈んだ『太陽の雫《サンドロップ》』には、ちょっとした詐欺説がつきまとっている」

「ええ」

うなずいたシモンが続ける。

「アンリに聞きましたが、『太陽の雫《サンドロップ》』には、当然運搬に際して保険がかけられていて、実際、タイタニック号が沈んだあと、売り主が手にした小切手には、その保険金が当てられたという話があるそうですね」

「そのとおり」

「ただ、アンリは、あくまでも、都市伝説だと言っていましたが」

シモンの懐疑的な言葉に対し、アシュレイが片眉をあげて応じる。

「そうなんだが、今回、俺がアメリカに行って調べた限り、当時のニューヨークに、アダム・シェパードなる宝石商は存在していない」

断言され、ユウリが横から感心したように訊き返した。

「え、まさか、アシュレイ。それを調べるために、アメリカまで行ったんですか？」

「悪いか？」

悪くはないし、その行動力がアシュレイという稀有《けう》の男を作り上げている。

慌てて首を横に振ったユウリを見おろしながら、シモンが言う。

「なるほど。そうなると、話は少し違ってきますね」

「そうだ。アダム・シェパードは、オークションで『太陽の雫《サンドロップ》』を落札したが、最終的にその代金は保険料で賄われた。それは、事実だ」

「それも、今回、調べてきたんですね?」

「ああ」

そこで、シモンが「つまり」と先を読んで言う。

「もし、アダム・シェパードが、実際は船に宝石を積んでいなかった場合、彼は、航海前にかけた保険の代金以外、一銭も使うことなく、『太陽の雫《サンドロップ》』を手に入れたことになりますね?」

「そういうことだ。そして、きれいさっぱり歴史上から姿を消した。——見事としか言い様がない手口だよ」

アシュレイは誉《ほ》めたが、「でも」とシモンが思案げに訊く。

「その場合、アダム・シェパードは、どうやって、タイタニック号の沈没のことを知り得たんでしょう。それこそ、その手法は、タイタニック号の沈没がなければ、成立しないものです」

「もちろん、そうだが、ここでよく考えてみてほしいのは、今も言ったように、ものが

『天来の石』であるなら、天界がその回収に走ったとしてもおかしくはなく、そうなってくると、それを手に入れた『アダム・シェパード』は、必ずしも人間であるとは言えなくなってくるわけで――」

「人間であるとは言えなくなってくる……?」

アシュレイの特異な推論に対し、ユウリが気になる点を呟いた時だ。

「フォーダム!?」

女性の声が響き、ハッとしたユウリたちの視線がそっちを向く。

そこには、入り口から入ってきたばかりのオリヴィアの姿があった。

4

オリヴィアの姿を認めたユウリが、驚いて名前を呼び返す。

「オリヴィア？」

「やだ、フォーダム」

言いながら近づいてきた彼女の視線が、さっとシモンの顔に流されたのは、女性としてとても自然な反応だ。

「貴方がいるなんて、びっくりだわ」

「オリヴィアこそ」

「私は、とても珍しいダイヤモンドの売り立てがあるということで、後学《こうがく》のために、父に頼み込んで連れてきてもらったの。それでもって——」

言いながら、連れの男性を紹介する。

「これが、父」

「——やあ、どうも」

挨拶《あいさつ》され、ユウリも慌てて自己紹介する。

「初めまして、大学で授業をご一緒させていただいているユウリ・フォーダムです。それから、こっちは、僕のパブリックスクール時代の友人たちです」

　シモンやアシュレイの名前は著名であるため、ここにいることが知れたら、このあとのオークションに影響が出ないとも限らない。

　そこで、ユウリは個人名を省いて紹介し、オリヴィアの父親に握手の手を差し出した。

「どうぞ、よろしく」

「こちらこそ。先日は娘の危ないところを助けていただいたそうで、なんとお礼を言ったらいいのか」

　その言葉に、シモンがチラッと雄弁な視線でユウリを、次いでオリヴィアを見た。

　先ほどのアシュレイとのやり取りの際も若干平静ではいられなかったくらい、謎《なぞ》めいた人物たちによる襲撃のことをシモンは問題視していて、今朝、フォーダム家のドアを叩いたあとの第一声も、そのことだったくらいだ。

　横からオリヴィアが、「この前は」と申し訳なさそうに告げる。

「助けてもらったのに、あんな去り方をしてごめんなさい。私、すごく動揺していたみたいで」

「うん。わかっているよ。こっちこそ、よけいなことを言ってごめん」

「いいの。それに、よく考えたら、貴方の言うことにも一理あるし」

　そう言って、胸元のペンダントに視線を落とした。「一理ある」と認めつつ、やはり手放せずにいるらしい。

それに対し、彼女の胸元を見たシモンが、少し驚いたように訊いた。

「すごいね、君。それ、イエローダイヤモンドの原石だろう？」

そんなものを、無造作《むぞうさ》に首からぶらさげて歩いているのかという意味で言っているらしい。シモンの中では、破天荒で知られる従兄妹《いとこ》のナタリーだって、もう少し価値に合った扱いをすると思ったようだ。

だが、二人は、これをハーキマーダイヤモンドだと思っていたので、むしろ、シモンの言葉にびっくりする。

「——え？」

「嘘？」

オリヴィアとユウリが同時にシモンを見て、ユウリがシモンに確認する。

「本当に？」

「うん」

「これ、ダイヤモンドなの？」

「間違いないと思う」

「ハーキマーダイヤモンドではなく？」

「ハーキマーは、もっと透明で、きちんと水晶っぽいだろう」

なんだかんだ言っても、本物を見慣れているシモンの目はたしかだし、高貴なシモンの言葉であれば、それだけで真実味があった。

オリヴィアが、父親を振り返って確認する。

「お父さん、これ、ダイヤモンドだと思う？」

「え、まさか」

宝石商である父親が、狼狽《うろた》えて否定する。

何よりもまず、娘が、そんな高価な宝石を持っているとは思わない。

「そんなはず、ないだろう。――とはいえ、私の場合、ダイヤモンドは加工品しか扱ったことがないから、原石のことはわからない。でも、もし、それがダイヤモンドなら、お前は、そんなものをどこで手に入れたんだってことになる」

混乱した様子の父に言われ、オリヴィアが驚いて言い返した。

「なに言っているのよ、お父さん。これ、お父さんが仕入れてきてくれたハーキマーダイヤモンドの中に紛れていたのよ？」

すると、今度は、父親のほうが仰天したように告げる。

「――いやいや。私は、そんなものを買った覚えはないよ。十四個とも、とても透明できれいだが、ふつうのハーキマーだったはずだ」

「十四個？」

その数に引っかかったオリヴィアが、呆然と繰り返す。

「え、やっぱり、あの時買ってきてくれたのって、十四個だった?」

「そうだよ」

それは、変である。

数えたら、石は全部で十五個あった。

ただ、前の日の夜に数えた時は、十四個だったのもたしかだ。

朝起きたら十五個になっていたので、てっきり前の晩は数え間違えたのだと思っていたが、実は、そうではなかったらしい。

そんな親子のやり取りを、ユウリたちが眺めていると――。

ふいに、入り口のほうで悲鳴があがり、次いで、バラバラと武装した男たちが室内に侵入してきた。

「――な!」

彼らが何か言う前に、男の一人が怒鳴る。

「全員、床に伏せろ!」

ほぼ同時に、手にしたマシンガンで、そこらじゅうの展示ケースを撃ちまくった。

「危ない、ユウリ!」

展示ケースのそばにいたユウリのことを、腕を伸ばして引き寄せ全身で庇おうとしたシモンが、次の瞬間、独楽《こま》のように回転して、その場に倒れ込んだ。

「――シモン⁉」

一瞬、何が起きたかわからなかったユウリが、呆然と立ち尽くす。

そんなユウリの目の前で、横たわるシモンの喉元から大量の血が溢《あふ》れ出《で》てきた。それがみるみる絨毯《じゅうたん》を赤黒く染め、大きな血溜《ちだ》まりを作っていく。

「え、嘘、シモン⁉」

慌ててすがりついたユウリの手の下で、血の気の失《う》せたシモンの身体がどんどん冷たくなっていく。

「嘘。こんな、嫌だ！　シモン！　お願い、目を開けて！」

動転して喚《わめ》きたてるユウリを、背後からアシュレイが摑んで引きはがし、片膝をついてシモンの容態を見た。どうやら、運悪く、流れ弾が頸動脈《けいどうみゃく》を切ったようで、すでに手の施《ほどこ》しようがないほど出血している。

倒れた時の衝撃で、意識も失っているようだ。

その時、彼らの背後でふたたび銃声がし、今度は「いや、お父さん！」と叫ぶオリヴィアの声がした。

「やめて、お願い、死なないで――」

だが、そんな悲痛な叫びも、シモンのことで頭がいっぱいのユウリの耳には届かない。

「シモン！　お願いだから、起きて！　こんなの嫌だ！」

背後からすがりつこうとするユウリを押し留《おとど》めて顧みたアシュレイが、青灰色の瞳に力を込めて言う。

「残念だが、ユウリ。おそらく、ベルジュは助からない。覚悟しろ」

その声に込められた悲痛な色。

さすがのアシュレイもこの状況を楽しむ余裕はなく、そのことが、却《かえ》って、現在の恐ろしい状況に現実味を与えてしまう。

だが、こんなことがあっていいのか。

一瞬前まで、一緒にいて、ふつうに話していたのに――。

なぜ、こんなことになったのか。

「嘘、嫌だ！　絶対に嫌だ！　アシュレイ、なんとかしてください！　お願い！　なんでもするから――」

アシュレイの身体に取りすがって、ユウリが懇願する。

もちろん、そんなことを言われても、アシュレイは医者ではないし、医者だとしても無理だったろう。

それでも、万に一つの可能性にかけ、シモンを見おろしたアシュレイは、肉の削《そ》がれている首の傷に指を突っ込み、切れた頸動脈を探し当てる。

そこをつまんで、ユウリに指示した。

「ひとまず、ここを指で押さえていろ。死んでも放すなよ」

真っ青な顔をしてぶんぶん頷いたユウリが言われたところをつまんでいると、武装した男が横に立ち、いったいなんのつもりか、ガラスケースの中から取り上げたらしい宝石をポンとシモンの上に投げた。

ダブルローズカットの形状からして、おそらく「太陽の雫《サンドロップ》」だろう。

男は、そうしてシモンの様子を窺《うかが》い、何も変化がないのを見て取ると、背後を振り返って仲間に告げる。

「これじゃない」

すると、それを受け、別の男がオリヴィアに告げる。

「父親を助けたければ、その首にかけているものをよこせ」

先ほどの銃声で頭を撃ち抜かれた父親は、すでに彼女のそばで息絶えている。

それを助けることなどできないはずだが、放心状態のオリヴィアは、意味がわからないまま、慌ててペンダントを外して男に渡す。

男は、それを横たわっている父親の上に置いた。

と——。

不思議なことに、父親の額に空いた銃口からみるみる銃弾が浮き出てきて、それと同時に穴も塞《ふさ》がっていく。それはまるで、銃撃の場面を録画した映像があって、それを逆再生しているようだった。

やがて、元どおりになった額から、ポトンと銃弾が床に落ちる。

次の瞬間。

父親が、パチッと目を覚ました。

生き返ったのだ。

奇跡である。

「――お父さん⁉」

驚きと喜びで啞然とするオリヴィア。

その様子を目の当たりにしたアシュレイが、「なるほど」と合点したように告げた。

「お前たち、『石の兄弟団』か。伝説の石『ラピス・ウィータ』を探し求めているという秘密結社の。――そのサソリの意匠からしても、間違いないはずだ」

彼らが身につけている指輪の意匠を指しての言葉に、マシンガンを構え直した男の一人が、「お前」と剣呑《けんのん》に訊き返す。

「我々のことを知っているのか？」

「まあ、蛇《じゃ》の道は蛇《へび》だからな」

肩をすくめたアシュレイが、こんな時でも博覧強記《はくらんきょうき》なところを見せつける。

「かつて、ラビのシメオン・ベン・ヨハイの言った言葉が残っているそうだな。それには、アブラハムの首にさがっていたダイヤモンドは、病に冒されたものが見ると、たちどころに病が治り、アブラハムが亡くなったあとは、神がそれを太陽に封印したとあるそうだが、その奇跡のダイヤモンドを『ラピス・ウィータ』、つまるところ『生命の石』と称して探し続けているのが、お前たち『石の兄弟団』だ」

自分に向けられた銃口を怖《おそ》れる様子もなく、アシュレイが「他にも」と続ける。

「ダイヤモンドの奇跡については、バビロニアのタルムードの中にも記述があり、それによれば、塩漬けにされた鳥の上にダイヤモンドを置いたら、その鳥は動き出して飛び立ったらしい。そのことから考えて、古来、ダイヤモンドには、再生の力があると考えられてきた。──まさに、このダイヤモンドのように」

言いながら、オリヴィアの父親を生き返らせたダイヤモンドの原石を顎で指す。

とたん、ハッとしたユウリが、希望を込めて尋ねた。

「それなら、シモンも──？」

助かるのではないか。

いや、きっと助けられる。

シモンが、こんなことで死ぬはずないのだから──。

だが、その時、展示ケースの陰に立っていた別の男が歩み出て、無慈悲に告げた。

「残念だが、それはない」

銀に近い白金髪《プラチナブロンド》。

サファイアのように輝く瞳。

その威風堂々とした神々しさは、ふだんのシモンのそれを上回るほどで、それまで気配を感じさせなかったのが嘘のような存在感である。

「貴方――」

男に見覚えのあったオリヴィアが口を押さえて驚いていると、ゆっくりと彼女のほうに歩み寄った彼は、気圧《けお》されて動けなくなった襲撃者の手からペンダントを取り上げ、それを振り子のように振りながら続けた。

「この石が奇跡を発動できるのは一度だけだ。――というのも、かつての経験から、天界の石を地上に落とした際、天の諸力が及びすぎないよう、あらかじめ制限《リミッター》をかけるようにしたからだ」

「――そんな！」

ユウリが、絶望とともに言い返す。

「それなら、シモンは助からないんですか？」

「――それは、どうかな」

曖昧《あいまい》な表現で応じた男が、「先ほど」と続ける。

「耳にしたところでは、地上には、今回、天界から転がり落ちたこの石とは別に、今から三百年以上前――おそらくこちらの西暦で言うところの十七世紀頃のことだと思うが、その時に落ちた石の欠片が残されているとのことだったが」

ユウリが、ハッとしてアシュレイを見る。

「それって、もしかして、アシュレイの？」

「そう。その男の話に出てきた石のことだ」

男が認め、「それを使えば」と助言した。

「その者も、助かる」

とたん、ユウリがもどかしげにアシュレイに尋ねた。

「だそうですよ、アシュレイ。さっき話していた『光の洪水《ファヤダーンヌール》』の欠片って、今、持っているんですよね？」

かつてないほど必死の形相をしたユウリを見おろしたアシュレイが、肩をすくめて頷いた。

「ああ、持っている」

「なら、ください。今すぐ！　駆け引きなしで！　急いで！」

「うるさいな」

言いながらポケットを探って小さな箱を取り出した彼は、それをシモンのかたわらに跪《ひざまず》いたままのユウリに向かって放り投げた。

「言われなくとも、お貴族サマには、まだ利用価値があるからな。こんなことで死んでもらっては、俺も困る」

後輩の命を救うのに、いちいちそんな言い訳をする必要もないのだが、そこがアシュレイらしいといえば、アシュレイらしい。

だが、その時──。

「おい、待て」

襲撃者の一人が、ユウリのほうに銃口を向けながら怒鳴った。

「今、使えば、それもただの石ころになってしまうってことだろう。──そうは、させない。『ラピス・ウィータ』は、我々のものだ」

だが、もちろん、ユウリは聞く耳を持たない。

「殺すなら殺せばいいでしょう！　シモンを生き返らせるためなら、僕の命なんて惜《お》しくはない！」

明言し、ユウリは箱の蓋《ふた》を開ける。

「こっちは、本気だぞ！」

脅しだけでなく、男は本当に引き金を引いたが、その直前、あることが起きてマシンガンは、あえなく天井を撃ち抜いた。

いったい何が起きたのか。

それより一瞬前、アシュレイは目にもとまらぬ速さで動いていたが、さらにそれより早く、瞬間移動したかのように、突如マシンガンの前に一人の青年が立ち、銃口を上に向けて、次の瞬間消え去った。

動体視力が恐ろしくいいアシュレイは、それらの動きをすべて捉えることができ、しかも、そんな超能力者のようなことをやり遂げた青年の顔に見覚えがあった。

ルーブル美術館で、シモンの背後にいきなり現れた青年だ。

残念ながら、アシュレイは彼の正体を知らなかったが、それは「天使見習い」のレピシエルである。

上級天使とこの場に来ていた彼は、何もするなと警告され、目立たないよう背の高い展示ケースの陰にずっと隠れていたのだが、ユウリの危機に際し、どうしても何かせずにはいられなかった。

なんといっても、ユウリには服を借りた恩がある。

もし、このことで罰せられたとしても、それはそれで、甘んじて受けるつもりだ。

おかげで、ユウリは、撃たれることなく、血の気の失せたシモンの上に「光《ファヤダーン》の洪水《ヌール》」の欠片を置くことができた。

とたん、シモンの首の傷がみるみる塞がり始める。

血管が繋がり、裂けた肉が閉じていく。

それらは、やはり、録画された映像の逆再生そのものである。

やがて、すべての傷が消えたところで、土気色になっていたシモンの頬にうっすらと赤みがさしてきた。

失われたはずの血が、ふたたび通い始めたのだ。

「シモン……」

祈るような気持ちで見守るユウリの前で、ややあって、澄んだ水色の瞳がゆっくりと開いた。最初こそ少しぼんやりしているようだが、すぐに、彼のことを心配そうに覗き込むユウリをしっかりとその目で捉える。

「──ユウリ？」

「シモン。よかった──」

言葉とともに、漆黒の瞳から涙が溢れ出た。緊張が解けたついでに、涙腺《るいせん》も一緒に緩んだのだろう。

そんなユウリの様子に驚いて半身を起こしたシモンの上から、「光の洪水《ファヤダーン　ヌール》」の欠片が転がり落ちたが、今は誰も、そんなことを気にしている余裕はなかった。

シモンが生きている──。

そのことで、ユウリの中はいっぱいだ。

だが同時に、一瞬でも、その命が彼の手をすり抜けたことを思うと、心の底からゾッとした。

二度とあってはならない。

少なくとも、ユウリの目が黒いうちは、絶対だ。

シモンはシモンで、自分の身に何が起きたのかわからず、ひたすらユウリのことを心配している。

「大丈夫かい、ユウリ?」

「うん。大丈夫」

「いったい、何があったんだろう」

「えっと、それは、もう少ししたら話すから……」

今は、とにかく、シモンの体温を近くに感じていたい。

そこで、ユウリがシモンの手をギュッと握りしめると、理由がわからないまま、シモンはその手を引き寄せ、そっと抱き寄せてくれる。

「大丈夫だから、ユウリ。何も心配しなくていい」

そんな彼らの脇《わき》で、「光の洪水《ファヤダーンヌール》」の欠片を拾いあげたのは、レピシエルをこの場に連れてきた男だ。

彼は、欠片に彫り込まれた文字を見て、「なるほど」と小さく呟く。

「『AEI』か」

AEI。

それは、ギリシャ語で「永遠」や「不滅」を意味し、指輪などに好んで彫刻されるアルファベットであるが、これが彫り込まれたことにより、本来なら、本体が回収された時点で欠片も地上から一掃されるところを、この欠片だけが回収されることなく、地上に留まり続けたようである。しかも、一部が欠損した本体は、とっくに太陽に封印され、すでに新しいものに変わっているというのに、だ。

「『不滅』とは、どうりで消滅しないわけだ」

彼がしみじみ呟いていると、音もなく背後に立ったアシュレイが言った。

「——一つ、確認しておきたいんだが」

「なんだ？」

「それは、やはり、あんたが、今からおよそ百年前に詐欺《さぎ》まがいの手法で持ち去った天来の石——、地上で『光の洪水《ファヤダーン ヌール》』や『太陽の雫《サンドロップ》』などの名で呼ばれた石の欠片とみなしていいいんだな？」

それに対し、振り返って正面からアシュレイを眺めた相手が、彼に劣らない傲岸さで言い放つ。

「『詐欺まがいの』というのは聞き捨てならないが、穏便な方法で私が人間界から持ち去った石の一部であることは認めよう。――それでいいか？」

「いや。――もう一つ、本体はどうなった？」

彼が天界の者と知ってなお、まったく態度を改めようとしない不遜なアシュレイを呆れたように見返して、男が「それは」と答える。

「お前もさっき言っていただろう。先例に漏《も》れず、太陽に封印された」

「なるほど」

アシュレイが満足げに答えた時である。

「――警察だ！」

そんな声とともに催涙弾が投げ込まれ、あたりが灰色の煙に包まれる。

室内が混乱の渦に呑み込まれる中、入り口から大勢の警官隊がドッと踏み込んできて、あたりは以前に増して騒然となった。

あがる悲鳴とののしり合い。

暴力的な摩擦音。

やがて、煙が消え視界がクリアーになった時には、すでに犯人は全員取り押さえられていて、そこに至り、ユウリたちは、ようやく恐ろしい犯罪現場から解放された。

5

その夜。

警察の事情聴取を終え、フォーダム邸に戻ってきたユウリとシモンは、アンリを交えて簡単な夕食をすませてしまうと、食後のコーヒーを飲むために移動した書斎で、今日の出来事を改めて話し合った。

「いやあ、今回は、さすがに本気で焦った」

ソファーで寛《くつろ》ぎながら、アンリがその時の心情を吐露《とろ》する。

「事件の現場が、まさかの、二人が向かったサザビーズだというんだから」

「ああ、だろうね。悪かった」

優雅に苦笑するシモンも、それくらいしか言うことがない。

午後、ネットに流れたニュース速報で事件のことを知ったアンリは、心配して何度もシモンに連絡を取ろうとしたらしい。

だが、シモンは混乱の渦中にあり、連絡がついたのは、犯人逮捕の第一報が流れたあとだった。

ロンドンの老舗オークションハウスで起きた衝撃の事件は、海を越えてシモンの母国フランスにも速報で伝わっていたため、ベルジュ家は、一時、てんやわんやの大騒ぎになったようである。シモンの無事を確認し安堵《あんど》した彼らは、大事な後継者が実は死にかけたという事実を、今もって知らずにいる。

それには、報道が一役買っていた。

というのも、あの時、展示室の中で起きたことを正確に把握している人間はアシュレイと、あの場に現れた「人ではない者たち」くらいで、まさに超人とそれに準ずるアシュレイは、催涙弾による大混乱に乗じ、警察が現場を制圧する前に姿を消していた。

必然的に、事件のあらましは、残された人々のバラバラで要領を得ないものだけで構成せざるをえなくなり、それらをなんとか統合した結果、シモンとオリヴィアの父親が一度死んで生き返ったという奇跡のことは一種の集団幻想ということで片づけられ、公式発表にはいっさい出なかったのだ。

当のシモンも、おのれの身に起きたことを最初はわからずにいたが、一通り落ち着いたところで、ユウリから真実を聞かされた。その際、二度とこんなことが起きないよう、今後は決して無茶をしないでほしいという思いも一緒に伝えられていたが、シモンの意思は変わらない。

「ユウリを守るためなら、僕は、何度でも同じことをする――」

逆もしかりであるため、ユウリとしては複雑な心境であったが、なんであれ、しばらくは血を流して倒れているシモンの姿が、絶望感とともにユウリの頭を離れそうになかった。

一方、ユウリの父親であるレイモンド・フォーダムが暮らすケンブリッジにも、「サザビーズ、襲撃される！」という驚くべきニュースは伝わったものの、まさか、息子が現場にいるとは露ほども思っていなかったレイモンドは、特に心配することなく、他人事《ひとごと》として受け止めた。

結局、彼が事実を知るのは、ベルジュ伯爵から、「ご子息を巻き込んでしまってたいへん申し訳ない」というお詫《わ》びの電話が来た時になるわけだが、その際は、さすがに日頃冷静沈着で知られるレイモンドも、電話口で絶句したという。

そんなこんなで、一日の間でいろいろあったことを、アンリにだけはすべて打ち明けた二人に対し、おもしろそうに聞いていたアンリが、一段落ついたところで、「なるほど、天来の石ねえ」と言った。

「つまり、今回、うちが手に入れようとしていたイエローダイヤモンドは、結局のところ、『光の洪水《ファヤダーン　ヌール》』とはまったく別の石で、本物の『光の洪水《ファヤダーン　ヌール》』は、約百年前に、例の『太陽の雫《サンドロップ》』としてこの世に現れ『アダム・シェパード』を名乗る男、おそらく天界の者に回収され、とっくにこの世から消え失せていたということか」

全体像を要約したアンリに、シモンが「まあ」と補足する。

「あくまでも、すべてアシュレイの推測に過ぎないけど、正直、さまざまな要素を僕なりに考え合わせてみて思うのは、いつものごとく大筋は間違っていないだろうってことなんだ。――その証拠に、現場に残されていたのは、今回、『太陽の雫《サンドロップ》』という触れ込みでサザビーズに出品されたダブルローズカットのふつうのイエローダイヤモンドのみで、現場で『ラピス・ウィータ』として機能した石は、何者かによって二つとも持ち去られていたから」

「それって、やっぱりアシュレイかな？」

異母弟の確認に、シモンが少し考えてから「でなければ」と応じる。

「あの場に現れた、謎の人物だろう」

「ふうん」

相槌《あいづち》を打ったアンリが、「ただ、そうなると」と疑問を投げかける。

「不思議なのは、今回のイエローダイヤモンドがどこから出てきたかってことだよね。だって、アシュレイの説を支持するなら、本来、そんな石が出てくるわけがない」

「ああ、それね」

心当たりのあるらしいシモンが人さし指をあげ、飲んでいたコーヒーカップを置いてから答えた。

「それも考えてみたけど、今回、サザビーズの調査に不備な点はなかったことから、あれが、タイタニック号の引きあげ品であることは、間違いないはずなんだ」

「だね」

アンリも認め、シモンが推測を重ねる。

「そこから考えるに、およそ百年前、何者かが、本物の『太陽の雫《サンドロップ》』の代わりに偽物を箱に入れた可能性が浮上してくるわけだけど、正直、タイタニック号が沈むことを前提に詐欺を仕掛けたと思われるアダム・シェパードがそんなことをしても、意味がない。海の藻《も》屑《くず》となるなら、箱の中は空でいいはずだからだ」

「たしかに」

応じたアンリに、ユウリが続く。

「それなら、誰が？」

「残る可能性としては、『ラピス・ウィータ』と呼ばれる石を探し求めていた集団だ」

「それって、あの強盗団が所属している結社？」

言ったあとで「えっと」と考え、その名前をあげる。

「『石の兄弟団』だっけ？」

「そう。僕のほうで調べさせたところ、『石の兄弟団』は、意外と歴史が長く、百年以上前からすでに活動していたらしい」

「へえ」

「となると」

アンリが、異母兄の考えを先取りして告げる。

「『ラピス・ウィータ』だと信じていた『太陽の雫《サンドロップ》』がタイタニック号で運ばれることを知った彼らが、航海中に、密《ひそ》かに似たようなイエローダイヤモンドとすり替えようと思い立ち、実際、行動には移したが、いかんせん、中身は今も言ったように空だった可能性が高く、ひとまず、その偽物《ダミー》をそのままそこに置いて、あとで対策を練ろうとした――と考えられなくはないわけか。あくまでも人間に過ぎない彼らの場合、まさか、自分たちが乗っている船が沈むとは思っていなかっただろうから」

「そのとおり」

認めたシモンが、「ただ」と告げる。

「それらすべては、やはり推測に過ぎず、真相は、それこそタイタニック号とともに海に沈んでしまったわけだけど」

「そうなんだよな」

証明できないもどかしさから、アンリがどこか悔しそうに受けた時だ。

「お話し中失礼します、ユウリ様」

フォーダム家の管理人兼執事のエヴァンズが、来客があったことを告げに来た。

「階下に、『アダム・シェパード』とおっしゃる方がお越しでございますが、お会いになりますか？」

「アダム・シェパード？」

その名前に驚いたユウリが、シモンたちと顔を見合わせてから、訊き返す。

「本当に、『アダム・シェパード』と？」

「はい」

慇懃《いんぎん》に応じたエヴァンズが、続ける。

「もし、お断りするのでしたら――」

だが、皆まで言わせず、ユウリが言った。

「会います」

しばらくしてやってきたのは、案の定、襲撃の現場に居合わせたサファイアのような瞳をした男で、しかも、背後にレピシエルを伴っての来訪であった。

「――あれ、レピシエル？」

「どうも」

ユウリの呼びかけに軽く片手をあげて応《こた》えたレピシエルが、「もうすぐ」と続ける。

「この服、返せると思うから」

「ああ、いや、そんなことはいいんだけど……」

いったい何ごとかと訝《いぶか》るユウリの横で、水色の瞳でジッとレピシエルを見つめていたシモンが、「君」と問う。

「この前、ルーブルに来ていたね？」

「ああ、はい」

頷いたレピシエルが、意外そうに訊き返す。

「もしかして、どこかでぶつかりましたっけ？」

「いや」

否定したシモンは、それ以上彼については何も言わず、連れの男に視線を移す。

銀に近い白金髪《プラチナブロンド》。

サファイアのような瞳。

自称「アダム・シェパード」は、シモンの視線を受けたところで、ゆっくりと口を開いた。

「突然押しかけてきて申し訳なかったが、今回の件では諸々《もろもろ》世話になったので、ひとまず礼を言いに来た」

そのわりに態度が横柄であるようだが、へりくだったもの言いは似合いそうにないので、ユウリは気にせず受け止める。

「それは、わざわざありがとうございます。――ただ、そう言われても、僕たちは、別に何もしていませんけど」

「そうか?」

応じた男が、「それなら」と続けた。

「これから、一つ、やってほしいことがある」

手前勝手な理屈で善行を強いるところも、どことなく誰かに似ている気がしたが、ユウリはやはり気にせず、「ああ、はい」と受け入れた。隣では、シモンとアンリも同じように男の身勝手さを感じていたようだが、ひとまず静観する気らしい。おそらく、アシュレイの時と違い、相手が人間でないことを、理解しているからだろう。

ユウリが言う。

「それは、もちろん、僕にできることであれば……」

「できる。——だから、ここへ来たのだからな」

そう言ったあと、彼は懐に手を入れながら、何かに引かれたように顔をあげて耳を澄ませ、ややあって訊いた。

「——ときに、この家に、スズメはいるか?」

「え?」

あまりに突拍子もない質問に対し、一瞬戸惑ったユウリが「ああ、そういえば」と応じる。

「いますね。一羽《わ》ほど。どこからか迷い込んできたスズメが」

「そうか」

　そこで、サファイアのような瞳をユウリに戻した男は、呟くように続けた。

「ルーブルでは、スズメが一羽、行方不明らしいが……」

「……ルーブル？」

「ルーブル」といえば、当然、パリにあるルーブル美術館のことだろう。

　男の呟きを聞き取ったユウリは不思議そうに繰り返したが、むしろ、言い出した男のほうが「でもまあ」とその話題を引っ込めた。

「それはどうでもいい。些細なことだからな。――それより、問題はこれだ」

　そう言って、男がユウリの前に差し出したのは、あの時、アシュレイがシモンを助けるために渡してくれた「光の洪水《ファヤダーンヌール》」の欠片であった。

「あ、これ……」

　オリヴィアのペンダントとともに現場から消え去ったものであるが、今回ばかりは、アシュレイではなく、彼らが持ち去ったらしい。

　男が言う。

「すでにお前たちは察しているようだが、我々は、これを回収するために来た」

　それに対し、それまで黙って聞いていたシモンが、横から確認する。

「天界に属するものだからですね？」

「そうだ。これも重複になると思うが、かつて天界から転がり落ち、十七世紀にそちらの先祖とやらに拾われ、その後、二十世紀になって私が本体を回収したのだが、なぜかこれだけが取り残されてしまった。――そのことが、我々の間でもずっと謎だったのだが、どうやら、これには人間の施した封印がされていて、今もこうして持ち出すのに難儀している」

「封印？」

「……人間の施した？」

口々に繰り返しながら首を傾げたユウリたちを見て、男がフッと苦笑する。

「意外に思うかもしれないが、これがなかなか功を奏していてな。我々では封印を解くのに時間がかかりそうなので、お前の力を借りることにしたというわけだ」

それは、たしかに意外である。

意外すぎると言っていい。

なんといっても、彼らは天界の者なのだから、人間の施した封印くらい、なんなく解けてもいいはずだ。

ユウリたちの視線を受け、男は肩をすくめて説明を付け足した。

「そんな目をするな。天界と地上には、お前たちの与《あずか》り知《し》らぬ細かな取り決めがあり、これもその一つだ。もちろん、力ずくでできないこともないが、そうすると、あとあと面倒だし、穏便にすませるには、今も言ったように手続きに時間がかかりすぎる。――まあ、それでも納得ができないようなら、こう思え」

そこで、一呼吸置いて、男は厳かに告げた。

「腕のよい職人の技には、天界も敬意を払うものだ、と」

「――ああ」

その一言で納得したユウリたちに対し、改めてサファイアのような瞳でまっすぐユウリを見つめた男が、確認する。

「ということで、どうだ、頼めるか？」

「それは、もちろん、お役に立てるなら」

ユウリがその場で承諾すると、男は「助かる」と言ってこれまでにないくらい慈愛に満ちた微笑を浮かべ、「もちろん」と交換条件を提示する。

「ただでとは言わない」

「いや、別に……」

ユウリは見返りなど期待していなかったが、差し出されたペンダントを見て、「あれ」と首を傾げた。

「……これって」

オリヴィアがハーキマーダイヤモンドと間違えて、このところずっと身につけていたものである。

「そうだ。今回、回収したものの一つだが、これを、代わりにやろう」

「――え？」

驚いたユウリが、とっさに受け取りながら訊き返す。

「だって、いいんですか？」

「ああ、構わない」

あっさり応じた男が、その理由をあげる。

「これは、すでに天界の力を失ったただの石に過ぎなければ、地上にあってもなんら問題はないからな。――ただ、もともとは天界に属するものであれば、その輝きを引き出せた暁には、地上にあるまじきまばゆさとなるだろう」

それから、レピシエルを顎で示して「これの」と続けた。

「言い分では、地上には、これが収まるべき恰好《かっこう》の芸術品があるということなので、ちょうどいい交換条件になると思ってな」

「……はあ」

どちらかといえば、こっちのほうが高くついている気がする。

本当にいいんだろうかと思いながらペンダントを見おろすユウリの横で、シモンが「それで言ったら」と疑問をぶつけた。

「その欠片だって、理屈は同じですよね？」

シモンを再生させたことで、天界の石としての効力は失われたということだ。

だが、サファイアの瞳を輝かせた男は、「いや、それが」と説明する。

「これと違って、以前回収しそびれた欠片については、まだ制限《リミッター》を設定するという方針が決まる前のものであれば、実は、何度でもその力を発揮できる仕様になっているんだ」

「――え、そうなんですか？」

驚くユウリたちに向かい、「ああ」と頷いた男が告げる。

「つまり、今もって、この欠片には天界の石としての効力が宿っていることになり、我々としては、これだけは、なんとしても回収する必要があるわけだ」

言ってから、どこかそそのかすような口調で「もしかして」と付け足した。

「そう聞いたあとでは、封印を解く気にはならないか？」

「まさか」

言下に否定したユウリだが、そこで小さく苦笑しながら、「ああ、でも」と思う。

もし、アシュレイが今の話を聞いたら、さぞかし悔しがったことだろう。

ユウリの懇願を聞き入れての結果であれば、多少申し訳ない気もするが、これに関しては、しかたない。

天界のものは、天界にあってしかるべきである。

そう思って、余計なことは考えないようにしたユウリは、手にしていたペンダントをシモンに預け、男の手から「光の洪水《ファヤダーンヌール》」の欠片を受け取ると、その場で小さく深呼吸する。

それから、四大精霊を呼び出す言葉を口にした。

「火の精霊《サラマンドラ》、水の精霊《ウンディーネ》、風の精霊《シルフィード》、土の精霊《コボルト》。四元の大いなる力をもって、我を守り、願いを聞き入れたまえ」

すると、四方から漂ってきた四つの白い光がユウリたちのほうに集まってきて、まずは「アダム・シェパード」を名乗る男のまわりをぐるりと回った。

それがすむと、今度は、いつもと同じく、戯《たわむ》れるように上下に揺れながらユウリのまわりを飛び回り始める。——ただ、気のせいか、今回は、左腕のほうに重心が傾いているようで、全体的に少し偏った動きになった。

それを見ながら、ユウリが男の願いを唱える。

「地上に留め置かれている天来のものを、その楔《くさび》から解き放ち、天へと戻したまえ。地上のものが地上にあるがごとく、天のものは天に還《かえ》りたまえ」

最後に、請願《せいがん》の成就《じょうじゅ》を神に祈る。

「アダ　ギボル　レオラム　アドナイ」

すると、ユウリのまわりを漂っていた四つの光が、いっせいに「光の洪水《ファヤダーンヌール》」の欠片へと入り込み、まさに光の洪水のごとく欠片を内側から輝かせた。

その美しさに思わず見とれてしまったユウリの前で、欠片の表面に彫られていた三つのアルファベットが徐々に形を崩し、消えていく。

最初に「A」が。

次に「E」が消えてなくなる。

最後に残った「I」の文字も、すぐに上から溶けるように消え去った。

やがて、輝きの収まった表面には、もうなんの文字も瑕も見いだせず、ただ、電灯の光を受けてキラキラと輝く石の欠片が残されているだけだった。

封印の解けた欠片をホッとした表情で見おろしたユウリが、それを、男の手に戻して言う。

「これで、大丈夫なはずです」

「なるほど。——噂に違わぬ見事な腕だな」

ひとまず霊能力を誉めた男であるが、そのあとで、ユウリの左腕に手を伸ばしながら「ただ」と訊く。

「見たところ、左に重心が傾いているようだ。そのせいで、少し本来備わっている力が不安定になっているようだが、その腕に何を隠し持っている？」

「え？」

ドキリとしたユウリは「別に」と言いかけるが、実際、このところずっと左腕が重かったのも事実だったため、「まあ、たしかに」と告白した。

「最近、左側だけ妙に疲れるのは、事実ですけど」

すると、男は、摑んだユウリの左腕をその場で軽く揺さぶった。

二回。

三回と揺さぶったところで、ユウリの手元からコロンと何かが飛び出て、床の上を転がる。あたかも、ガラガラ回すとポンと飛び出す、日本の商店街などで見かける抽選会の玉ころのようだった。

「――あ」

それまで片隅でおとなしくしていたレピシエルが、久しぶりに声をあげてそれを追いかけた。

「あった！」

彼が追いついて拾いあげたのは、真っ白に輝く真珠だ。しかも、ふつうの真珠よりはかなり大きく、「光の洪水《ファヤダーンヌール》」のごとき輝きこそなかったが、その分、水を含んだようなしっとりとした光をまき散らすなんとも美しいものであった。

こちらもまさに、「天来の石」と呼ぶにふさわしい。

レピシエルが、嬉《うれ》しそうに続ける。

「よかった。ようやく見つけた。――これを追ってきたのに、どこにもないから、どうしようかと思っていたくらいで」

それから、ユウリを顧みて不思議そうに訊く。

「いったい、こんなもの、どこに隠し持っていたって？」

「えっ、僕？」

ユウリは、そんなものを隠し持っていた記憶はないのだが、実際、今しがた、ユウリの腕から転がり落ちたようであったし、真珠が転がり出たとたん、それまでの重さが嘘のように左腕がすっと軽くなったのも事実で、否定することもできずにいる。

すると、ユウリの左腕を摑んだままでいた男が、「おそらく」とサファイアのような瞳を細めて推測した。

「同じ月の性質を帯びているだけに、こっちの月の引力に囚《とら》われたのだろう」

「月の引力？」

不思議そうに繰り返したレピシエルに対し、ハッとしたユウリは、思わず解放された左手首を右手で摑んだ。そこには、ふだんは見えていないが、「月の王《メネラウス》」の称号を得たユウリが、月にいた女神から捧《ささ》げられたブレスレットがはまっている。

沈黙するユウリのそばで、相変わらず嬉しそうに手の中の真珠を眺めまわしていたレピシエルが「ま、いいか」とあっさり言う。

「なんであれ、これで堂々と天界に帰還することができる。――そうですよね、ウリエル様?」

責任を果たし、ホッとした「天使見習い」は、それまでずっと伏せられていた上級天使の名前をうっかり口にしてしまい、その瞬間、その場にいた全員が、あまりに有名な大天使の名前に反応した。

「ウリエルって」

「え、まさか」

「貴方は」

「大天使ウリエル――!?」

だが、異口同音《いくどうおん》に言った時には、もう大天使の姿も「天使見習い」の姿もその場から消え失せていて、あとには、最初と同じく、ユウリとベルジュ家の兄弟だけが取り残されていた。

終章

翌朝。

自分の部屋で健やかな目覚めを迎えたユウリであったが、起き上がってすぐ、どことなく物足りなさを覚えて首を傾《かし》げた。

久しぶりに身体《からだ》も軽く、気分もすっきりしているのに、何かが足りない。

いったい、何が足りないのか——。

しばらく考えた末、ユウリはようやく思いつく。

スズメの鳴き声がしていないのだ。

ここ最近、耳元でちゅんちゅん、ちゅんちゅん、鳴いていた声が消えている。当然、あたりを見まわしても、スズメの姿は見当たらなかった。

（……いなくなった？）

思いながら身支度をしていたユウリは、ふと、壁際に置いてある背もたれの長いデザインチェアーに目をやり、「あ」と小さく声をあげる。

「――そうか、なるほど」

小さく呟《つぶや》いてから身支度を終え、急いで階下に降りていく。

日曜の朝でも実に精力的なベルジュ家の兄弟は、すでにジョギングでもしてきたかのような爽《さわ》やかさで思い思いの場所に座り、それぞれ好きなことをやっていた。

「おはよう、ユウリ」

読んでいた本から目をあげて挨拶《あいさつ》したシモンに、ユウリも挨拶する。

「おはよう、シモン、おはよう、アンリ」

「おはよう、ユウリ」

タブレット型端末から顔をあげて応《こた》えたアンリが、そこで、ユウリが両手で持っている服に目をやって続けた。

「あれ、その服」

「うん。僕の部屋に畳んで置いてあったんだ」

それは、先ほど、背もたれの長いデザインチェアーの上にあるのを見つけたもので、アンリがレピシエルに貸し出していた服一式であった。

どうやら、借りた本人は、あのあと、無事に天界へと戻っていったらしい。

「なるほど。天界のものは天界に、アンリのものはアンリに――というところか」

二人のやり取りを見て、聖書に出てくる言葉をもじって告げたシモンに対し、服一式をサイドテーブルの上に置いたユウリが「そうだね」と同意し、同じサイドテーブルの上にあった砕けたクラッカーの入ったお皿を取ると、食堂に続くテラスに出ながら「あと」と呟く。

「パリのものはパリに――」

これで、すべて元通りになったということなのだろう。

それから、いらなくなったスズメのエサを、テラスの先にばらまく。

「ユウリ、コーヒーと紅茶、どっち?」

背後からアンリが訊《き》き、振り返りながらユウリは答える。

「今朝は、コーヒーかな」

そんなユウリの背後では、朝食のご相伴《しょうばん》にあずかろうと集まってきた小鳥たちがテラスの近くに舞い降り、その上に広がる青い空が、本日も絶好の行楽日和《びより》であることを教えてくれていた。

あとがき

ようやく大気に冬の気配が感じられるようになった今日この頃。

とはいえ、モコモコしたセーターを着て出た日には大汗をかいてしまって難儀したりするのですが、皆様はいかがお過ごしでしょうか。

こんにちは、篠原美季《しのはらみき》です。

『月と太陽の巡航　欧州妖異譚20』をお届けしました。

早いもので、妖異譚シリーズも「欧州」に変わってから二十巻目です。

こうしてシリーズを長く続けられるのも、皆様が応援してくださるからに他ならず、シリーズを少しでも長く続けたい私としては、本当に感謝してもしきれません。ありがとうございます。

さて、そんな記念すべき二十巻目のタイトルが、ことのほか気に入っております。

タイトルというのは、たいてい、ある程度物語の目途が立ったところで、それに見合うものをつけるのですが、今回は、節目に相応《ふさわ》しいタイトルをつけなければと考え、パッと思いついたのが、これでした。そして、ユウリとシモンの在り様《あよう》を象徴するこのタイトルがあまりに気に入ってしまったため、それに合わせた物語をあとから考えた珍しいパターンです。

とはいえ、節目に相応しい華やかなものになったので、これは書くべくして書かれた話だと思っています。

もっとも、アシュレイファンの方は、「え〜、アシュレイの存在は〜」と若干不満に思われるかもしれませんね。

でも、案じることなかれ、実は、密かに隠れていらっしゃるんです。

だって、考えてもみてください。「月と太陽の巡航」であれば、その背景にはなにがあるか――。

そう、大いなる暗黒の宇宙空間です。

月と太陽が浮かぶ深遠なる宇宙こそ、アシュレイを象徴するものということで、ここに見事な隠れトライアングルが成立するわけです。えっへん。

まあ、そんなわけで、今回はタイトルに従い、太陽であるシモンのまわりで大きな事件が起こり、月を象徴するユウリのまわりでは小さな事件があって、それぞれがそれぞれの軌道をまわりつつ重なり合ったりするようなイメージで話を作ってみました。

そして、その過程で、久々に大量の資料に目を通しましたよ〜。

思うんですけど、小さい頃からたくさん勉強してきちんと知識を積み上げていれば、毎回毎回、こんなに本を読まなくてもいいのでしょうけれど、私は、かなりのほほ〜んと生きてきてしまったので、新しい話を書くたびにとても苦労します。

そんな私の創作活動を支えてくださる良書の一部を、ここでご紹介し、御礼の代わりとさせていただきます。

『宝石と鉱物の大図鑑』スミソニアン協会監修　諏訪恭一、宮脇律郎日本語版監修　高橋佳奈子、黒輪篤嗣訳　日東書院
『ダイヤモンドの謎—永遠の輝きに魅入られた人々』山口遼著　講談社＋α新書
『宝石のはなし』白水晴雄、青木義和著　技報堂出版
『宝石　欲望と錯覚の世界史』エイジャー・レイデン著　和田佐規子訳　築地書館
『366日の誕生日パワーストーン事典』登石麻恭子、須田布由香著　玉井宏監修　河出書房新社
『サザビーズで朝食を—競売人《オークショニア》が明かす美とお金の物語』フィリップ・フック著　中山ゆかり訳　フィルムアート社

そして、もう一つ。

今回は珍しく、「ハーキマーダイヤモンド」の効果について以下のサイトも参照させていただきました。ありがとうございます。

「天然石・パワーストーン意味辞典　produced by 星の種（https://www.ishi-imi.com/）」
「パワーストーンの意味と効果一覧【天然石辞典】（https://www.gemstone-wiki.com/）」

まあ、天然石の世界はとても奥が深く歴史もあって、すっかり夢中になっております。ただ、振り返ってみると、最近は結構石の話を書いていたんですね。つまり、はまる以前からその兆候はあったということでしょう。うふ。

最後になりましたが、今回も美しいイラストを描いてくださったかわい千草《ちぐさ》先生――ご迷惑ばかりおかけしてますが、今後ともよろしくお願いします――。並びにいつも芸術的なラテアートで疲れた心を癒《い》やしてくださるバリスタ様とそのカフェの皆様、そしてなにより、この本を買って読んでくださった方々に多大なる感謝を捧げます。

では、次回作でお会いできることを祈って――。

Happy Merry Christmas!!

篠原美季　拝

『月と太陽の巡航　欧州妖異譚20』、いかがでしたか？
篠原《しのはら》美季《みき》先生、イラストのかわい千草《ちぐさ》先生への、みなさまのお便りをお待ちしております。

篠原美季先生のファンレターのあて先
〒112-8001　東京都文京区音羽2-12-21　講談社　文芸第三出版部「篠原美季先生」係
かわい千草先生のファンレターのあて先
〒112-8001　東京都文京区音羽2-12-21　講談社　文芸第三出版部「かわい千草先生」係

N.D.C.913　270p　15cm

篠原美季（しのはら・みき）

講談社X文庫

４月９日生まれ、Ｂ型。横浜市在住。
茶道とパワーストーンに心を癒やされつつ
相変わらずジム通いもかかさない。
日々是好日実践中。

white heart

月《つき》と太陽《たいよう》の巡航《じゅんこう》　欧州妖異譚《おうしゅうようイたん》20

篠原美季《しのはらみき》

●

2018年12月３日　第１刷発行

定価はカバーに表示してあります。

発行者——渡瀬昌彦
発行所——株式会社　講談社
東京都文京区音羽2-12-21 〒112-8001
電話　編集　03-5395-3507
販売　03-5395-5817
業務　03-5395-3615
本文印刷—豊国印刷株式会社
製本——株式会社国宝社
カバー印刷—信毎書籍印刷株式会社
本文データ制作—講談社デジタル製作
デザイン—山口　馨

ISBN978-4-06-513962-2